書下ろし

襲大鳳《かさねおおとり》(下)

羽州ぼろ鳶《とび》組⑪

今村翔吾

祥伝社文庫

目次

【登場人物紹介】

新庄《しんじょう》藩火消《ひけし》《羽州《うしゅう》ぼろ鳶《とび》組》

頭取《とうどり》　松永源吾《まつながげんご》

源吾の妻　深雪《みゆき》

源吾の息子　平志郎《へいしろう》

頭取並《とうどりなみ》　鳥越新之助《とりごえしんのすけ》

壊し手組頭《くみがしら》　寅次郎《とらじろう》

纏番《まといばん》組頭　彦弥《ひこや》

風読《かぜよ》み　加持星十郎《かじせいじゅうろう》

一番組組頭　武蔵《たけぞう》

加賀《かが》藩火消《加賀鳶》

頭取　大音勘九郎《おおとかんくろう》

頭取並　詠兵馬《ながめひょうま》

八重洲河岸定火消《やえすがしじょうびけし》

頭取　進藤内記《しんどうないき》

麹町《こうじまち》定火消

頭取　日名塚要人《ひなづかかなめ》

町火消よ組

頭　秋仁《しゅうじん》

町火消い組

頭　漣次《れんじ》

鳶《とび》　慎太郎《しんたろう》

町火消め組

鳶　藍助《あいすけ》

町火消に組

頭　辰一《たついち》

副頭　宗助《そうすけ》

鳶　慶司《けいじ》

元加賀藩火消頭取

故　大音謙八《けんぱち》

元尾張《おわり》藩火消頭取

伊神甚兵衛《いがみじんべえ》

御三卿《ごさんきょう》

一橋治済《ひとつばしはるさだ》

新庄藩御城使《ごじょうし》

折下左門《おりしもさもん》

老中《ろうじゅう》

田沼意次《たぬまおきつぐ》

元飯田町《いいだまち》定火消頭取

故　松永重内《じゅうない》

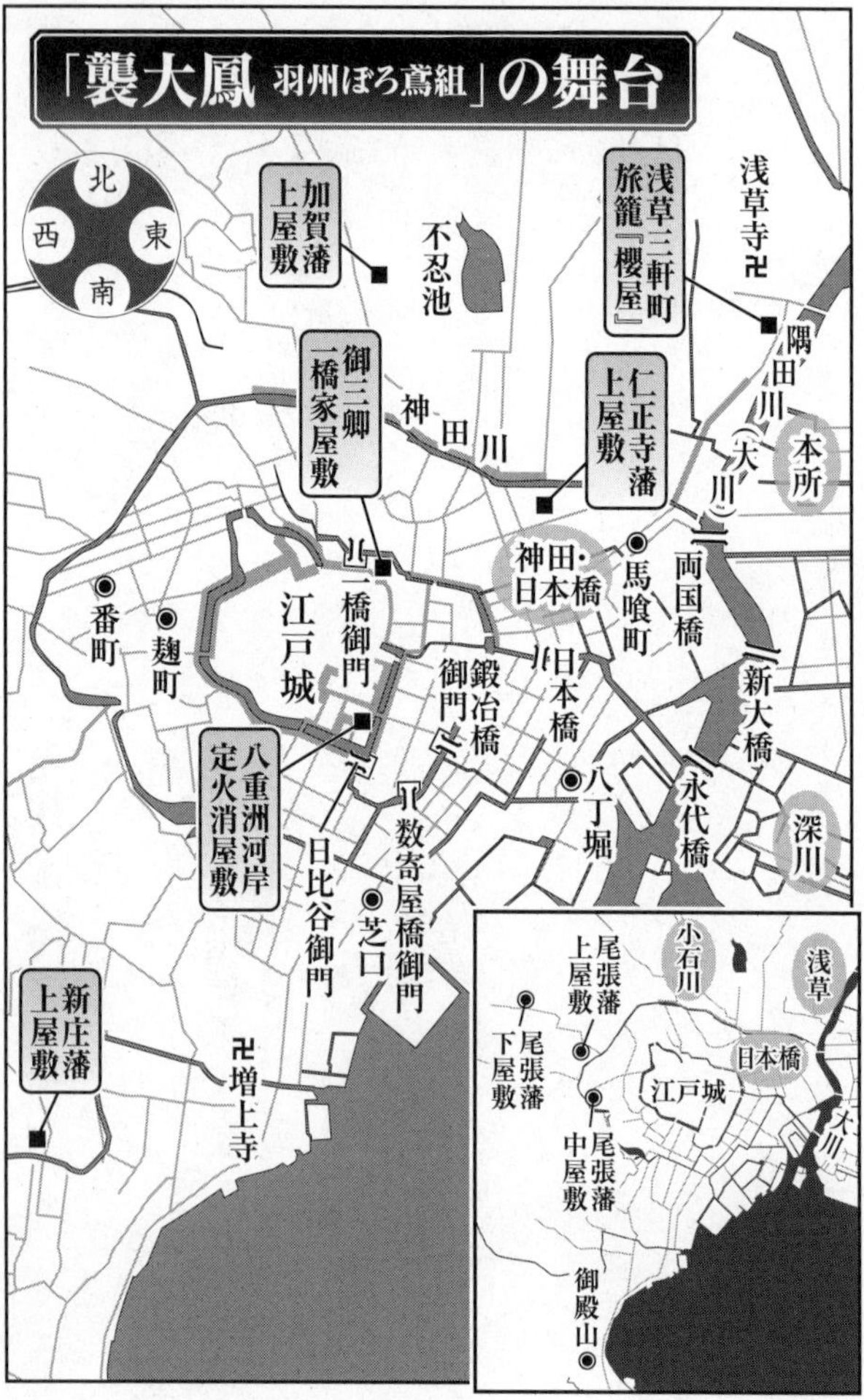
「襲大鳳 羽州ぼろ鳶組」の舞台
北
東
南
西
加賀藩上屋敷
不忍池
浅草三軒町旅籠『櫻屋』
浅草寺
隅田川（大川）
本所
仁正寺藩上屋敷
御三卿一橋家屋敷
神田川
神田・日本橋
馬喰町
両国橋
番町
麹町
江戸城
一橋御門
鍛冶橋御門
日本橋
新大橋
八丁堀
永代橋
深川
八重洲河岸定火消屋敷
日比谷御門
数寄屋橋御門
芝口
新庄藩上屋敷
増上寺
小石川
浅草
尾張藩上屋敷
尾張藩下屋敷
日本橋
江戸城
大川
尾張藩中屋敷
御殿山

第六章　鉄の意志

一

麴町《こうじまち》尾張《おわり》藩中屋敷の火事の翌日、新庄藩《しんじょうはん》火消頭取《ひけしとうどり》松永源吾《まつながげんご》は仁正寺《にしょうじ》藩上屋敷に向かった。此度《こたび》は全ての火消組の頭《かしら》を集めている訳ではなく、肝胆《かんたん》相照らす者たちのみでの会合。つまりは大音勘九郎《おおとかんくろう》、漣次《れんじ》、秋仁《しゅうじん》、柊与市《ひいらぎよいち》、そして昨日の火事には現れることのなかった、に組の宗助《そうすけ》の姿もある。

「お力になれず申し訳《わけ》ありません……」

宗助はまず皆に向けて詫びた。聞けば、火事の最中、に組でもひと騒動あったという。当初、宗助は辰一《たついち》不在ならば後々怒りを買うのは覚悟で、数十だけでも率《ひき》いて駆け付けるつもりだったらしい。だが昨日は、辰一が珍しくに組の火消屋敷にいた時に陣太鼓、半鐘《はんしょう》が鳴った。

同じ一番組のい組、よ組が慌ただしく出て行く気配も伝わっていた。

——に組も合力《ごうりき》を。

と、宗助は辰一に臆《おく》さず進言した。だが果たして、辰一はそれを撥《は》ね退《の》けた。宗助が粘り強く説得しようとした時、慶司《けいじ》が一人で屋敷を出て火元に向かおうとした。辰一は勝手な真似《まね》を許そうとせず、慶司もまたお前を倒してでも行くと言い放つ始末。

「二人は実に似た者同士でして……」

宗助を始め止めに入ろうとした他の鳶《とび》たちを押しのけるようにして、何度目になるか判《わか》らぬ殴り合いが始まった。結果は当然というべきか、圧倒的な力の差で辰一が慶司を叩《たた》き伏せた。

だが今回はいつにもまして慶司が粘った。何度倒されても立ち上がり、

——に組が舐《な》められていいのかよ。男じゃあねえだろう。

と、喚《わめ》いたらしい。

「あの馬鹿はそればっかりだな」

秋仁は首の裏に手を回して呆《あき》れたように言った。

「ええ、でも慶司なりに今回が、よほどの大事《おおごと》だと解《わか》っているようで……」

「江戸の火消皆で止めようって時に、に組が参加しないのは我慢ならねえって訳

だな」

二度も拳《こぶし》を交《まじ》えたことで、秋仁は慶司の性格を熟知している。宗助も苦笑しつつ頷《うなず》く。

「減らず口を叩いているものの、あいつもに組を居場所と思い始めているようだ」

慶司が師である金五郎《きんごろう》の息子だからか、漣次の言葉の端《はし》から幾分嬉《うれ》しさが滲《にじ》み出ているように聞こえた。

「辰一が力を貸してくれるならば、大いに戦力になるのだがな……」

勘九郎も個としての絶大な力は十分に認めている。

「自分の管轄がよければそれでいい野郎だからな」

源吾が言うと、秋仁がひょいと首を捻《ひね》った。

「あいつはああ見えて馬鹿じゃねえし、何か考えがありそうですけどね」

拳で語り合ったというならば、それこそ慶司とは比べものにならぬほどの腐れ縁である。

「日本橋界隈《にほんばしかいわい》こそが民の暮らしの礎《いしずえ》なのは間違いない」

勘九郎が唸《うな》った。現在、府下の火消はこの火付けを止めることを第一に考えている。中でもここに集まっている組は最精鋭であり、その主力になっていた。

皆が火付けの対応に奔走《ほんそう》している時、日本橋で火を放たれたとすればどうなるか。あの界隈は江戸の中でもひと際繁華な町であり、日頃から火付けも、不始末などの出火の件数も図抜《ずぬ》けて多い。一度火事が起これば、火は軒《のき》を連ねる商家や、びっしり集まっている長屋を呑み込んで凄《すさ》まじい勢いで燃え広がる。そこでよ組、い組の主力が留守ならば、大火にまで発展しかねない。辰一はそれを危惧《きぐ》しているのではないかと勘九郎は語った。

「俺たちも最低限の数は残してる。辰一がそこまで考えるたまですかね」

秋仁は苦い笑みを浮かべた。先ほどは持ち上げておきながら次は下げる。

「ともかく日本橋は江戸で最も大事な場所の一つ。そこに辰一がいるのは万が一の時によかろう」

勘九郎はに組の一件をそのように纏《まと》めた。

「次はうちから詫びねえと……」

漣次が重々《おもおも》しく言って、皆に向けて頭を下げた。火消となって三年以内の者は火事場に出さないと皆で取り決めたにもかかわらず、新米鳶《しんまい》の慎太郎《しんたろう》が尾張藩中屋敷の火事場にいたことである。

それ自体はさほど驚くようなことではなかった。幾ら己たちが戒《いまし》めても、聞き分けのない若い鳶たちが勝手に出動することは予想出来ていた。己たちが若い頃の暴走は、今思えばあの程度ではないのだ。

しかし見過ごせないのは、

——進藤内記《しんどうないき》が出張って来た。

という事実である。昨日は慎太郎、藍助《あいすけ》をそれぞれの組に戻して頭から事情を聞き取ってもらった。

初めの火付けの時、内記が火事場で畳を凝視《ぎょうし》していたことは源吾も聞いている。慎太郎たちは彼らなりに事件の手がかりを探す中で、内記ならば何か気付いていることがあるのではないかと訪ねたらしい。すると内記は、意外にも自分が共に探ってやるから勝手はするなと約束させたのだという。

老練な火消が若い鳶を見守る。常ならば理解できるが、それが内記となると、背後に何らかの思惑《おもわく》があるとしか思えない。現にこちらにも知らせて来なかったではないか。

「内記の野郎は何を考えてやがる」

これまで黙っていた与市が、苦々しく吐き捨てた。昨年、与市は内記ら八重洲《やえす》河岸定火消の秘密を知ったことで襲撃を受けている。そしてその秘密を暴《あば》いたのも、与市と源吾ら新庄藩火消であった。

「自分は表立って動けねえ、そこへ嗅《か》ぎ回らせるには丁度《ちょうど》良い駒が手に入った……ってとこですか？」

秋仁はそう言いながら一座を見渡した。

「別にその若鳶が活躍したとて、自身の手柄にはならぬだろう」

勘九郎は腕を組みながら言った。

「あいつのことはいいさ。で、慎太郎はどうなんだ？」

源吾が訊《き》くと、漣次は口を結んで首を横に振った。

現在、慎太郎と藍助が出奔《しゅっぽん》しているのだ。昨日の夜更《よふ》けのうちか、払暁《ふつぎょう》か判らない。ただ今朝にも火消屋敷に来るように言われていたのが、姿を見せなかった。い組、め組ともにそれぞれの長屋に人を走らせた。

しかし、すでに当人たちの姿はなく、家財や着物はそのままだった。ただ無くなっているものも幾つかあった。火消半纏《ばんてん》、鳶口《とびぐち》などの火消道具である。

話は昨日まで遡《さかのぼ》る。尾張藩中屋敷の五つ目の火元が消し止められた時、内記はすでに引き上げたようで姿がなかったが、慎太郎と藍助はそこにいた。鎮火の後、各組の主《おも》だった頭が揃ったところに二人は連れて来られた。

「いい加減にしろ」

第一声は漣次であった。日頃の軽妙《けいみよう》さは消え去り、地を這《は》うような低い語調である。

「俺たちも人を救いたくて……」

慎太郎は項垂《うなだ》れる訳でなく、じっと漣次を見つめながら言い返した。

「お前たちみたいな、ひよっこの手に負える火付けじゃねえと言ったよな。死んでもおかしくねえんだ」

「俺たちも火消です。とっくに死ぬ覚悟は――」

「若造が生意気言うな！」

漣次が慎太郎の胸倉《むなぐら》を摑《つか》み上げる。源吾は漣次の気持ちが痛いほど解った。それは勘九郎も、秋仁も、与市もまた同じだったろう。一体、幾つ、前途《ぜんと》ある若者の命が散ってきたのか。長年火消をしていれば、嫌でも目にせざるを得ないものである。

もしあいつが生きていれば、今頃は立派な火消になっていただろう。妻を娶《めと》って子もいる頃だろう。己と同じように若手を窘《たしな》めてくれただろう。そんなことを折々に考えてしまう、若くして散った火消を、誰もが一人は胸に抱いていた。

「御頭、俺は解らねえんです」

慎太郎は胸倉を摑まれながら、なおも口を開いた。普段なら止める側であろう藍助も今回は動かない。怯《おび》えてという訳ではなく、その両眼には覚悟のようなものが滲んでいた。

「どういう意味だ」

「何で人を救っちゃならないんですか」

「お前、まだ火の恐さが解ってねえのか」

漣次は顔を歪《ゆが》めて慎太郎を突き放した。慎太郎は俯《うつむ》きながら襟元《えりもと》をぎゅっと握る。

「解っています。あの時は本当に恐ろしかった……松永様たちや、藍助がいなけりゃ死んでいたから……」

狐火《きつねび》もどきの事件で勝手に振る舞い、瓦礫《がれき》の下敷きになったことである。炎が容赦《ようしゃ》なく迫りくる中、源吾は決して諦めることなく救い出そうとした。その時の慎太郎は確かに死を覚悟していたはずだ。

「それなら……」

「あの日、俺が知った恐怖を感じる人が、今日も、明日も、これからずっと出続けるんでしょう」

慎太郎はさっと顔を上げて続けた。漣次がぐっと押し黙ったのを見かね、源吾は横から口を挟んだ。

「それは俺たちが止めるって言っているだろう」

「松永様……若い鳶を出さねえのは、江戸の人々のためじゃあないでしょう。何時《いつ》、何処《どこ》で起こるか判らない火付け。なら一人でも多くの火消で警戒しなくちゃならねえ。俺たちみたいな若造を使ってでも」

慎太郎は一気に捲《まく》したてると、そこで深く息を吸い込んで言葉を継いだ。

「出さねえ訳は、俺たちが無茶をして、死んじまうのを防ぐためだ。馬鹿な俺でも解る」

「ああ、そうだ」

源吾が素直に認めると、慎太郎は下唇《くちびる》を嚙《か》み締めた。

「だけど、少しでも早く火を見つけりゃ無茶でなくなる、人を救えるかもしれねえんだ……若い鳶も出すべきでしょう。これじゃあ助かるもんを見捨ててるのと同じだ」

「てめえ、もう一度言ってみろ」

源吾が口を開く前に、与市が血相《けっそう》を変えて詰め寄った。この若い侍《さむらい》火消は鳶に囲まれて育ったからか、己と同じく武士らしい口調ではない。慎太郎は臆すことなく言い返した。

「何度でも言ってやるよ。あんたらは救えるかもしれねえ命を見捨ててる」

「この若造が――」

与市が腕を振りかぶろうとした時、秋仁がさっと間に入った。

「慎太郎だったな。お前言い過ぎだ。俺たちは十年後、二十年後の江戸を守って欲しいと思っている。お前たちが死んじまえば誰が守るんだ」

「十年後、二十年後……ですか」

皆の視線が藍助に注がれる。それまでぐっと歯を食い縛《しば》って黙していたのに、ふいに口を開いたのだ。

「ああ、そうだ」

「多分、私たちが死んだとしても……きっとまた火消は出て来るんじゃあないですか」

「そんな当てもねえことを……」

呆《あき》れたように言う秋仁に対し、藍助はぶんぶんと首を横に振った。

「どんなに辛くても、他人の為に生きる人がいる……そんな人がきっと火消になると思います。火消の意志は消えません」

藍助が思い浮かべているのは、間違いなく秀助《ひですけ》の顔であろう。源吾は中帯に括《くく》りつけている秀助の小さな鈴をぎゅっと押さえた。懸命に訴える藍助を見て、慎太郎は目に涙を浮かべながら言った。

「命を区別するとすれば、火消とそれ以外……どんなに絶体絶命でも、諦めず命を救おうとする……それが火消だって教えてくれたんじゃねえのかよ」

慎太郎はそこで言葉を切ると、頬《ほお》に涙を伝わせ、頭たちを見ながら叫んだ。

「それなら、あんたらはいつ火消を辞めたんだ！」

場が一瞬静寂に包まれる。

源吾は思わず眉間《みけん》を摘《つま》んだ。

漣次は呆然《ぼうぜん》とした面持ちでこちらと慎太郎を見比べる。秋仁は嘆息まじりに苦笑し、勘九郎は小さく鼻を鳴らす。ただ与市だけが誰も言い返さないのを訝《いぶか》しむように皆を見回した後、慎太郎に向けて何か言おうとした。

しかし源吾はそれを手で制し、

「言いたいことは解った。とにかく今日は帰れ」

と、告げた。慎太郎はまだ何か言いたげだったが、感情が昂《たかぶ》り過ぎてか、言葉は出てこなかった。漣次がい組の鳶を呼び寄せ、慎太郎と藍助をそれぞれの火消屋敷まで送り届けるように命じた。

二人が去った後も誰も口を開かない。その沈黙を破ったのは、終始《しゅうし》不満げだった与市である。

「あの悪たれ小僧め」

「お前もつい最近まで、無茶苦茶やってただろうが」

源吾は与市の大物喰いを思い出して苦笑した。

「そりゃあ、まあ……あれはうちの瀬戸際《せとぎわ》だったんでね」

「あいつらにとっても、そうかもしれねえですよ」

秋仁は小さくなっていく二人の背を見ながら、ぽつんと零《こぼ》した。慎太郎は口惜しさが収まらぬのか、まだ袖《そで》で荒々しく顔を拭《ぬぐ》っていた。

「あいつらの何が瀬戸際だって言うんで？」

与市も二人の背を見送りながら首を捻った。

「火消になれるかどうか……と、いうところだろう」

勘九郎は火消羽織の袖の中で腕を組んで天を見上げた。

「すまねえ、源吾。一言半句《いちごんはんく》も違《たが》わず同じことを吐きやがるとは……」

そうこうしているうちに、二人を配下に預けた漣次が戻って来た。

「同じことってのは？」

与市は尋ねてばかり。当時はまだ子どもであり、その場にいなかったから知らぬのは無理もない。

「十八年前もお歴々《れきれき》の火消に向けて、同じ啖呵《たんか》を切った御人《ごじん》がいたんですよ」

秋仁は懐《なつ》かしそうに目を細めてこちらに視線を送る。

「あっ、そんなことが」

与市は得心《とくしん》して拳を掌《てのひら》に打ち付ける。

源吾はふと考えた。今の己はどのような顔をしているのだろうかと。まさか己が吐いた言葉が、時を越えて我が身に返ってくるとは思いもしなかった。慎太郎を否定することは、あの日の己を否定することにもなるのかもしれない。今、己が為《な》すべき道は何か。戸惑いが沸々《ふつふつ》と胸に込み上げて来る中、勘九郎が口を開いた。

「気にせぬことだ。このままでいい」

「勘九郎……」

「あの日の己たちが間違っているとは思わぬ。同時に父上たちが間違っていないことも今ならば解る。いつの時代も若い者が道を切り拓《ひら》く。だがそれが今かどうかは、誰にも判らぬのだ」

勘九郎は夜天に一等明るく瞬《また》く星を見つめながら語った。

「そうだな」

「我らは我らの信じた道を行く」

勘九郎は一切の揺るぎなく言い切った。源吾にはその横顔が過ぎ去りし日の大音謙八《けんぱち》と重なって見えた。

その後、慎太郎、藍助の二人は出奔した。周りが気づいたのは今朝のことである。

仁正寺藩は貧しいため屋敷が傷《いた》んでも改修もままならない。部屋に隙間風が入り込んできてひやりと頰をなぞっていく。風の中に含まれていた秋の芳香は遠くに消え去り、乾いた冬の匂いが顔を覗《のぞ》かせている。

「藍助も姿を消すとは……大胆なことをしたもんですね」

宗助は眉間を掻《か》きながら言った。慎太郎の威勢《いせい》の良さは火消たちの中では周知であるが、藍助は新米の鳶の中でも最も気弱そうだと皆が思っていたのだ。

今朝、藍助も失踪したことで、頭である銀治《ぎんじ》が自らい組の屋敷に慌てて駆け込んだ。そこで漣次も慎太郎の長屋に人をやり、二人が示し合わせて消えたことに気付いたという次第であった。

「ああ見えて、あいつは熱いもんを胸に秘めているからな」

源吾は静かに言った。己と藍助に何かしらの因縁があることに、この場にいる者たちは皆気付いているようであった。だが口にせぬということは、余人に知られては藍助のためにならぬということまで見抜いており、誰も深く訊こうとはしない。

「ともかく、あいつらの足取りを摑まねえと」

秋仁は顎《あご》に手を添えながら言った。

「すまねえ……全て俺の至らなさだ」

漣次は責任を感じているらしく褐色《かっしょく》の頰を歪めた。

「何処《どこ》か心当たりはないのですか？　まさかとは思いますが……」

与市は尋ねながら眉を顰《ひそ》めると、勘九郎が首を横に短く振る。

「それはなかろう。流石《さすが》にこの状況で頼れば八重洲河岸にも迷惑が掛かると考えるはず」

ここで八重洲河岸が二人を匿《かくま》えば、かなり大きな問題に発展してしまう。内記としてもそれは望むところではなかろう。

勘九郎は暫《しば》し間を空けて再び口を開いた。

「ともかくやらねばならぬことが多い。順にやっていくほかなかろう」

勘九郎が一座を纏めるように話を進める。

「まず我らが一番に為すべきは、次の火付けを如何《いか》に防ぐかということよ。そして下手人《げしゆにん》を捕らえること。さすれば若鳶の問題も解決する」

問題は山積しているが、それさえ片が付けば全てが終わる。勘九郎は咳払《せきばら》いを一つしてさらに尋ねた。

「まず、松永。伊神甚兵衛《いがみじんべえ》は何と」

伊神甚兵衛が五つ目の火元に姿を現したことはすでに皆が知っている。だが、その時、源吾との間にどんな言葉が交わされたのかについてはまだ触れてはいなかった。

「それなんだがな……」

源吾は、伊神甚兵衛とのやり取りを、一言一句《いちごんいっく》違えずに詳《つまび》らかに話した。皆の反応はよく似たもので、驚愕、困惑、猜疑《さいぎ》が入り混じったような複雑な表情になる。

「まあ、まず生きていたってことに驚きだ」

秋仁は未だ信じられぬようで、手で口を覆う。

「たった一晩で江戸中に広がってますぜ。文五郎《ぶんごろう》なんかは寝ずに読売《よみうり》を作っていたらしい」

与市は呆《あき》れたように言った。

現場に居合わせた加賀藩、新庄藩の火消には箝口令《かんこうれい》を布《し》いたが、最後まで残っていた野次馬《やじうま》が一部始終を見ていた。江戸の民は常に娯楽に飢《う》えており、伊神甚兵衛が生きていたという報は凄まじい早さで駆け巡っている。火消読売書きの文五郎などは、今日には読売を完成させて配ると息巻いているとの話も飛び込んで来ていた。もっとも人々は半信半疑といったところで、火消たちには尋ねられても根も葉もない噂《うわさ》だと打ち消すように命じている。

「話を伝えたら、流石の御頭も顔色を変えていました」

宗助が代理で出ているとはいえ、に組も連合に加わっているのだから、辰一には真《まこと》のことを話しておいてくれと言っていた。何事にも動ぜぬ辰一ですら驚くほど、江戸の火消にとって伊神甚兵衛の名は偉大なのだ。

勘九郎が一座を見渡しながら話を進めた。

「下手人が誰かはともかく、狙いは尾張藩と見て間違いあるまい。今後は尾張藩の上、中、下屋敷を中心に守りを固める。当家は手勢を三つに分けてそれぞれの屋敷に配する」

二度続いて尾張藩が標的となったのだから、そこを重点的に固めるのが妥当だろう。加賀藩は一番組の詠《ながめ》兵馬《ひようま》だけを手許に残して、残りの七組を三つに分けるという。

「い組は上屋敷、よ組は中屋敷、仁正寺藩は下屋敷を頼む」

皆の頷きが重なった。それぞれの管轄にも半数程度は残しておくとしても、これで全ての屋敷の近くに常時百人程度を貼り付けておくことが出来る。

「例の若鳶たちは火付けがあれば、また現場に姿を見せるだろう。そちらにも気を配る」

「解った」

漣次が代表して答えた後、源吾は声を上げた。

「うちはどうする」

勘九郎は凜々《りり》しい眉を寄せつつ訊き返して来た。

「伊神は自らが下手人でないと申したのだな」

「ああ……」

「確かに些《いささ》か解《げ》せぬところがあるのも確か。だが状況に鑑《かんが》みれば、伊神が下手人という線がかなり濃い」

「そうだな」

源吾の曖昧《あいまい》な返事に、勘九郎は背筋をぴんと伸ばしたままこちらを見つめた。

「お主はどう考えている」

他の者の視線も集まる。この中で最も伊神に憧れたのが己であり、子どもの頃には毎度のように野次馬に混じって応援していた。そしてその伊神を救わんとして父は散った。伊神に対する想いが最も強いのは、己だと皆が知っているのだ。

少しの間が空き、源吾は絞るように言った。

「判らねえ……本当に判らねえんだ」

火消の英雄としての甚兵衛。悪逆非道《あくぎゃくひどう》な火付けになった甚兵衛。己はその両方を見て言葉も交わした。十八年前のあの日、最後に見た甚兵衛は、確かに火消の矜持《きょうじ》を取り戻していたように見えた。いや復讐に支配された後も、心の片隅にそれを残していた。それが最後の最後で、怨念《おんねん》を心から追い出したのだと思っていた。だが時の流れは如何様《いかよう》にも人を変える。甚兵衛の復讐心が再び湧《わ》き上がってきたとしても不思議ではない。

「すでに幕閣《ばっかく》までこの話は伝わっているはずだ。火付盗賊改《ひつけとうぞくあらためかた》方も伊神甚兵衛を下手人と見て動くだろう。もし伊神が下手人で、火付けを続けるならばいずれは捕まることになる」

　幕府の探索の力は完成の域にある。中でも火付盗賊改方は捕らえた者への拷問さえ許されており、一度目を付けられれば逃れられる者は殆《ほと》どいない。九分九厘《くぶくりん》いずれはお縄になる。

　そしてそうなれば幕府は今回の火付け如何にかかわらず、大学《だいがく》火事の罪でもって甚兵衛を即座に処刑する。それも公《おおやけ》にされず、闇に葬《ほうむ》り去る公算が高い。真相を知るためには、幕府より先に甚兵衛を捕らえるしか道は無い。

「俺は……」

「探索は新庄藩に任せると決めたことだ。やれるか」

己の瞳の奥を覗くように、勘九郎はまっすぐに見据える。すでに探索に割《さ》く余力が無いのも事実。だが勘九郎は、

――お前が片を付けねば誰が付ける。

と、言いたいのだとその目を見ていれば解る。甚兵衛が下手人か、あるいは他にいるのか、迷いながらも進むほかない。江戸のためにも、火消のためにも、己がやらねばならない。

「ああ、任せてくれ。必ず身柄を押さえる」

力強く言い切った源吾に対し、誰も異論を唱《とな》えることはなく頷く。勘九郎は小さく鼻を鳴らすと、皆に向けて厳《おごそ》かに宣言した。

「これ以上、江戸で勝手はさせぬぞ。必ずや止める」

二

会合から帰った夕刻、源吾は新庄藩火消の主だった頭を自宅に集めた。会合で話された内容と共に、今後の新庄藩火消は下手人探索を最優先に動くことを告げたのである。

「大音様は御頭の因縁を汲《く》んで下さったということですね」

鳥越新之助《とりごえしんのすけ》は二度、三度頷きながら言った。

「それもある。だが勘九郎はそう甘い男でもねえ。うちが最も下手人に迫れると判断したんだろう」

「と、言いますと？」

「うちには星十郎《せいじゅうろう》がいる」

江戸火消随一の智嚢《ちのう》を持つ加持《かじ》星十郎ならば、この不可解《ふかかい》な火付けの手口に迫れると踏んだのだろう。

「加えて要人《かなめ》。そして田沼《たぬま》様のことだ」

老中《ろうじゅう》の田沼意次《おきつぐ》はどうも伊神甚兵衛が下手人ではないかと考えていた節《ふし》がある。そのために麴町定火消の頭で、隠密としても暗躍する日名塚《ひなづか》要人に密命を与えていたのだろう。己と田沼の関係を鑑み、そちらからも真相に迫れるのではないかと考えている。

「取り逃がしたみたいですよ」

新之助は微妙な顔になった。要人が甚兵衛を捕まえていれば真相が解ったかもしれないし、もしかしたら火付けそのものが止んだかもしれない。だが要人は、問答無用で甚兵衛を斬ろうとしていた。故に複雑な心境なのだろう。

「お前こそ怪我《けが》はないのか？」

「ええ、どこにも」

新之助は諸手《もろて》を開いてにこりと笑った。

「殺そうとしやがるなんて、やっぱり食えねえ野郎だ」

彦弥《ひこや》が怒りを口にすると、新之助はひょいと首を傾《かし》げた。

「いや、どうでしょうね」

「何か思うことがあるのか」

「相当に剣を遣いますが、それでも私には多分勝てません」

新之助はさらりと口にした。知らぬ者が聞けば自信過剰だと誤解を招きかねないが、この道に関しては誰よりも冷静に分析すると皆が知っている。

「案外、日名塚さんが言っていたことは本当なんじゃないかな。殺す気じゃないと、とっくに私が一撃を見舞ってました。私も格上が相手だと同じように考えるかもしれませんよ」

「そんなもんかねえ」

彦弥は納得いかないというように、けっと喉《のど》を鳴らした。

番付火消を集めた会合の後、彦弥には要人の後を尾けさせたが、あっという間に見失ったらしい。彦弥はもう少しと粘りたがったが、簡単に尻尾を出すとも思えず、火付けへの備えを優先して、早々に要人の行動を摑むのは諦めさせていた。

「ともかくその日名塚さんよりも早く、伊神様を見つけねばなりませんね」

「ああ、奉行所や火盗改《かとうあらため》も本腰を入れる頃だ。とにかく急ぐ」

源吾は頷きつつ話を引き戻した。

「どうだ、星十郎。火付けの方法、他に何か判ったことはあるか？」

「幾つか見えたこともあります」

星十郎は零れた赤茶色の髪を指で分けながら言った。

「まず火付けの方法ですが、やはり何らかの瓦斯《がす》と見てよいかと」

数里先にまで届くほどの轟音《ごうおん》。屋根が吹き飛び、瓦は十五間先にも降り注いだ。爆発によって出来た大きな穴からは、天が吸い上げるかのように、真っすぐ火柱が立っていた。己たちが目にした事柄から、やはりその結論に至るという。

「そんなものが充満していたら、誰かが気付くってことはないですか？」

武蔵《たけぞう》が首を突き出した。確かに瓦斯と言えば、肥溜《こえだ》めなどにも発生すると以前星十郎が言っていたのだ。

「全く臭いのしないものもあります。爆発する程度に満ち溢《あふ》れていて、躰《からだ》に何の影響も無いものも」

星十郎は髪を紙縒《こよ》りのように弄《いじ》りつつ続ける。思考が巡っている時の癖《くせ》である。

「進藤様が畳を見ていたというのが気になります。恐らく……」

「なるほど。床下ってことか」

源吾が言うと、星十郎は深々と頷いた。

「はい。そこに何かを仕込み、部屋に瓦斯を充満させたのではないかと」

「それを確かめるためには焼け跡に行かないとなりませんが……」

寅次郎《とらじろう》が手控え帳に記録を取りながら溜息を零《こぼ》した。

「焼け跡はもう入れねえってな」

彦弥は苛立ちを隠せず膝《ひざ》を揺らす。鎮火後まもなく、火元は火事場見廻《かじばみまわり》に引き渡され、今は火消が立ち入ることも禁じられている。これは今回に限ったことではなく常からそうである。火消はあくまで火事を消し止めるのが役目であり、その後の検分や探索には要請がない限り加わることがない。

「如何なる瓦斯かを突き止めることは肝要《かんよう》です。しかしそれ以上に考えねばならぬことがあります」

星十郎は冷静沈着に話を進める。

「ええ、確かにそっちのほうがより重要だ」

武蔵はすでに思い至っている。源吾もまた同じだった。

「如何にして火を付けたかということだな」

「はい。これが極めて難しいのです」

瓦斯の種類は一旦《いったん》棚上げしたとして、最後に火を付けなければ爆発は生じないのである。

「火矢でも用いぬ限り、自らも爆発に巻き込まれてしまいます」

この泰平の世にあって弓矢は目立つ。だがそのような目撃証言は一つも出て来ていない。

「時が来れば火が出るような仕掛けを用《もち》いたということは？」

源吾が問うと、星十郎は首を横に振った。

「進藤様は畳の表を見ていたとのこと。裏を返せば畳が残っていたということを意味します。つまりそのような仕掛けを用いたとして、そちらは床下にはなかったと推測出来ます」

星十郎は瓦斯を発生させる仕掛けは床下にあったと推理している。同じく火を放つ仕掛けも床下にあった場合、爆発は床下から起こるはず。屋根を突き破るほどの爆《は》ぜ方で、畳が残るはずがないという。つまり爆発は畳より上、部屋の中で発生したと判るのだ。

「そのような仕掛けが部屋の中にあればかなり目立つはずです。屋敷の主人が気付いて除《のぞ》けば爆発は起きません」

星十郎はぴんと前髪を弾《はじ》いてさらに続ける。

「そもそも床下ならばともかく、部屋の中に仕掛けるのは容易ではないはず。その点からも仕掛けという線は考えにくいかと」

「屋敷の奉公人の中に下手人に通じている者がいたとか？」

新之助の問いに対しても、星十郎は顎を横に傾ける。

「それも有り得ません。二度の火付けで死んだ者は主人、巻き添えと見られる幼《おさな》子《ご》です。家臣や奉公人の中には大火傷《おおやけど》を負った者すらいないのです」

「いよいよ解らねえな。誰がどうやって火を付けてるんだ」

彦弥は鬢《びん》を掻きむしった。

「全ての見込みを除いたとしても、一つだけ火を付けられる者が残されています」

すでに星十郎は目星《めぼし》が付いているらしい。皆が前のめりになる中、星十郎は静かに、それでいてはきと言い切った。

「主人自らが火を放ったということです」

「何……自死だというのか？」

「いいえ。そうとは申していません。火を付ける場面は他にもあるかと」

「なるほど。そういうことか！」

源吾は星十郎の言わんとすることが判って膝を打った。

「どういうことです？」

新之助は首を左右に振りながら尋ねる。

「瓦斯が充満しているのを知らず、部屋で火を使えば……」

源吾は握りしめた拳をぱっと開いた。星十郎はその通りというように頷く。

「なるほど！　それならば有り得ますね。火を使うとなれば行灯《あんどん》ですか」

「いや、待って下さい。爆発は二度とも昼です」

新之助の推測に対し、寅次郎が慌てて手控え帳を捲《めく》りながら答えた。

「この季節だ。火鉢ってこともありえるぜ」

武蔵が手を擦《こす》って見せながら言った。

「確かにその線も有り得ます。ただ私はどうも違うのではないかと考えています」

星十郎はここで脇に丸めてあった紙を中心に広げた。紙に描かれているのは火事場となった尾張藩中屋敷の見取り図である。

「昨日の火事において、一番初めに爆ぜたのはここです」

朱で丸が描かれており、その中に「一」と書き入れられている。

「次が一軒飛んだここの屋敷。二つ目、三つ目……四、五と続きます」

星十郎は順に指で指し示しながら言った。

「そして爆ぜた屋敷で主人が死んだのは『二』のみ。他の四つを見るに、当日の風の流れに符合します」

「つまりそれは……」

源吾が顔を擡《もた》げると、星十郎は頷いて見せた。

「主人が自ら火を付けたのは『二』のみということ。他は火の粉が引火したのでしょう」

か？」

「ちょっと待って下せえよ。下手人は風を読めてねえって言ってませんでした
　彦弥が手を前に突き出して話を制する。

「確かにあの風向きでは、御城を狙うだとか、町に広げるとかは無理です。下手人は風向きなどどうでもよかったのです」

「しかし実際、こうして爆発は続いている。まさか……」

　源吾は改めて見取り図に視線を落とした。

「瓦斯が、四方八方に仕掛けられていたものと見ます。途中で風向きが変わったことを鑑みると、その数は七から十ほどではないでしょうか」

　見取り図の三と四は西側、五は北側である。星十郎いわく、確かにその頃風向きが変わったらしい。つまり、下手人は初めの爆発だけを狙って仕掛け、他は運任せだというのだ。

「尾張藩に相当な怨《うら》みがあるってことか。やはり……」

　尾張藩ならば何でもよいとばかりに、手当たり次第に仕掛けているのだ。これほど尾張藩を怨んでいる人物と言えば、やはり伊神甚兵衛が最も当て嵌《は》まる。

「まだ結論を出すのは早いかと。ここでこの事件を解く鍵《かぎ》になりそうなことがあ

ります」

「鍵？」

鸚鵡《おうむ》返しに問う源吾に対し、星十郎はゆっくり頷いた。

「何故、爆発は夜に起きないのか」

「確かに両方、白昼だったが……たまたまということも」

「いえ、私は昼でなければ駄目なのだと思います。しかも出来るだけ暖かな日であればよい」

「どういうことだ……」

星十郎はすうと手を下ろした。すでに答えは固まっているということであろう。

「まず下手人は一人ではあり得ません」

瓦斯を発生させる仕掛けが如何なるものか未だ判らない。しかし一日中部屋に瓦斯を満ちさせるようなものは現実的ではない。爆発が起きた半刻（約一時間）から一刻（約二時間）前に、数人でもって床下に仕掛けたと考えるのが自然である。

「次に下手人は尾張藩の者、あるいは手引きしている者がいると考えます」

部屋に仕掛けを運び込むよりましとはいえ、床下に仕掛けるのもそれなりに難しい。しかもそれが複数ともなれば猶更《なおさら》である。外部から忍び込むならば夜のほうが易しいだろう。それなのに二度とも白昼の犯行ということは、

――昼のほうが屋敷内に出入りして怪しくない者。

という下手人の像が自然と浮かび上がってくる。それに当て嵌まる者と言えば尾張藩士、あるいはその奉公人、出入りの商人などが候補に挙がってくる。

「昼にしなければならぬ訳は他にもあると思います。夜に忍び込み、瓦斯の仕掛けを運び入れれば如何なることが起こると？」

「そうか。すでに部屋で行灯に火を入れていれば……」

武蔵は手を叩いて納得した。

「その通り。すぐさま爆発が起こり、仕掛けた者も巻き込まれる恐れがあります」

「出来る限り暖かい昼を選んでいるのは、火鉢を使っていないからか」

まだ推論なのだが、かなり筋の通っている内容に、源吾は感嘆《かんたん》の声を上げた。

「左様。季節は秋から冬にかけて移ろうとしています。今後は昼間でも火鉢を使う家が増える。首謀者は冬になる前に、この手を使いたかったのかもしれません」

星十郎は皆を見渡しながら続けた。

「ともかく火元の部屋には火鉢があるはず。火事場見廻もその程度ならば教えるでしょう」

彦弥が手を振りながら話を止める。

「先生、ちょっと待ってくれ。複数仕掛けたとして、暖かな日なら誰も火鉢を使わないってこともあるんじゃねえのか。しかも瓦斯の仕掛けはもって一刻ほどなんだろう？」

「その通りです」

「じゃあ、上手くいくまで何度も繰り返しているということになる。そんな危険を冒《おか》しますかねえ」

彦弥の言うことはもっともで、源吾もなるほどと相槌を打つ。

「確実に火を使わせているのです。しかも狙って」

「えっ……」

「これは謀殺です」

星十郎は全てを勘案するとそうとしか考えられないという。

下手人が尾張藩に怨みを抱いており、なおかつこれほど派手な手口を用いるのは、より多くの者を殺傷したいからということになるが。

「実際は一度目も二度目も、多くの犠牲者を出したとは言えません」

そもそも尾張藩の屋敷を焼き払いたいだけで、ここまで派手な仕掛けを用いる必要があるのか。そしてそこまでしておいて、実際に死んでいるのは三人なのだ。

「恐らくは主人が必ず火を使う状況を作り出しているのです。そのような手は幾らでも思いつきます」

例えば主君からの密命だと言って文《ふみ》を届け、読み終えたら誰にも見られぬように燃やせなどと書いておく。すると受け取った屋敷の主人は、自室で火鉢や煙草《たばこ》盆《ぼん》にくべて処理しようとするだろう。瓦斯の仕掛けを終えた後に文を届ければ、爆ぜる時もある程度は操ることが出来る。

「なるほど……」

異論を唱えた彦弥も感心の声を上げた。

「端《はな》から狙いは火元の主人のみ。そして尾張藩全てに強い怨みのある者の仕業《しわざ》と見せかけている。それで巻き込まれる者がいても、何の呵責《かしゃく》も無い冷徹《れいてつ》な者が首謀者です」

下手人は、他に死人が出ようが出まいがどうでもよいと考えているということである。

「一橋《ひとつばし》か……」

「田沼様も動いておりますし……。鳥越様、今一度お話をお聞かせ下さい」

「日名塚さんとのやり取りですね」

新之助はすぐに理解して応じた。要人はそもそも下手人に目星を付けていた。

さらに甚兵衛も、

――貴様はあの時の男か。

と、要人の顔を知っている口振りであった。甚兵衛が言った「あの時」とは何時のことか。心当たりが一つだけある。

「秀助を騙《かた》った事件だな」

このことになると、源吾はどうしても怒りが込み上げて声が震えた。

「はい」

星十郎はこくりと頷いた。

秀助の仕業に見せかけた火付けが起こった時、要人は独自に下手人を追い詰めたが大怪我を負った。同じ場所に居合わせた慶司が、後に火盗改に語ったところによると下手人は二人組。一人は秀助に短い間だけ弟子入りしていた種次郎《たねじろう》と謂《い》う町人。この者が筒から《がら》花火玉を撃って攻撃してきた。

そこにもう一人、五十絡みの浪人風がいたことも語っている。顔の半分を火傷の痕《あと》が覆っており、右目の下に涙黒子《なみだぼくろ》があった。

さらにその浪人風は恐ろしいほど打たれ強かったという。自身が滅法《めっぽう》打たれ強い慶司が言うのだからよっぽどのこと。いやそれどころではなく、痛みを全く感じていないのではないかと思えたらしい。現に要人は刀で肩を貫いたが、浪人風は顔を歪めることすらしなかったというのだ。

「火傷の痕、涙黒子、痛みを感じない……その時からずっと頭を過《よぎ》っていたんだ」

源吾は唇を噛み締めた。

尾張藩火消が壊滅した折、甚兵衛は全身に大火傷を負った。それが関係しているのだろう。大学火事の時、甚兵衛は痛みを感じぬ躰《からだ》になっていると言っていた。

その話を聞き終えた時、源吾も全てが甚兵衛の特徴に符合していると思った。とはいえ、まさか甚兵衛が生きているなどとは夢にも思わず、その考えを打ち消していたのだ。だがこうして生きていることが判った今、あの時要人が対峙《たいじ》した浪人風は甚兵衛だと見て間違いなかった。

「伊神様は一橋の一味ということだな……」

この段階においても、源吾は心のどこかで甚兵衛を信じたいと思っていた。それを否定するほかなくなり、口惜しさが再び一気に込み上げてくる。

「いえ、そうとは限りません」

星十郎は真顔で言い切った。

「だがそう考えるほかねえだろう」

「では何故《なぜ》、伊神殿は火事場に姿を見せたのでしょうか」

もう一度考えを巡らす。主人の手で火が付けられるのならば、そもそも火事場に出向く必要すらないのだ。さらに甚兵衛は爆発が起きた後に屋敷の中に突入しており、しかも火消羽織まで身に着けていた。

「まさか……」

「真に女中を救いに入った。そう考えるのが自然です」

「御頭、もしかして漣次さんたちが言っていたあれは、伊神様だったのかもしれませんよ！」

新之助が興奮して身を乗り出した。

漣次と秋仁は分かれてそれぞれ三つ目、四つ目の家屋に向かった。辿《たど》り着くとまず逃げ遅れた者がいないかを確かめるのが定石《じょうせき》である。当然、それを真っ先に行った。共に家の者たちは全て脱出していた。そして判を押したように、

——さきほど当家の火消にも話した。

と、言っていたというのだ。その時に尾張藩火消は一つ目の火事場に来ており、その場にいるのがそもそもおかしい。出遅れた火消が単独で動いているのだと漣次たちは思った。だがその尾張藩火消は家屋敷の中に取り残された者がいないと聞くと、すぐに駆け出していったという。

「伊神様は本当に……」

一座に静寂が訪れる中、源吾は小刻みに身が震えた。幼い頃の己が何処かにまだ残っており、躰の内側から揺さぶられているかのような感覚を受けた。何の打算もなく自らの命を擲《なげう》って民を救う。そんな若かりし頃の甚兵衛の姿が脳裏《のうり》にこびりついているのだ。

星十郎は細く深い溜息を漏らした。

「ただ少なくとも、狐火もどきの時は一橋の一味だったことも事実。これ以上の

真相を確かめるためには……」

「ああ……伊神様に直《じか》に訊くしかねえな」

　大学火事における甚兵衛の罪が消える訳ではない。だが生きていると知った瞬時、己の胸の内に真っ先に込み上げてきた感情は喜びであった。甚兵衛とは話したいことが沢山あった。文句の一つでもぶつけてやりたかった。今の己の火消としての成長を見て欲しいという思いもあった。そしてそれ以上に、

——親父の想いは無駄じゃなかった。

と、ほんの少しでも報《むく》われた気がしたのだ。だからこそ甚兵衛が下手人然として振る舞った時、これまでに感じたことのないほどの怒りが全身を駆け巡ったのである。

　だが甚兵衛は下手人ではなく、むしろ火付けに巻き込まれた人を救おうとしているのかもしれない。

「この火付けはまだ続くだろう。伊神様の言うことが真ならまた姿を現す。その時を捕まえるしかねえ」

　そして捕らえたとして、その後どうするのか。源吾にはある考えが心に浮かんでいたが、果たしてそれでよいのかと迷いを消せないでいた。

三

知らなければならないことは大きく分けて二つ。一つはこの火付けの手口。そしてもう一つは伊神甚兵衛の仮説を確かめるため、

火付けの手口は星十郎の仮説を確かめるため、それぞれが手分けして動くこととなった。現場に火鉢があったかどうかは、新之助が新庄藩を担当する火事場見廻の柴田七九郎《しばたしちくろう》のもとに赴《おもむ》いた。

「当家の者が爆発の仕掛けを解きました」

新之助は大真面目《おおまじめ》な顔をして言うと、柴田は血相を変えて身を乗り出した。

「真か！」

「ええ、まず部屋に火鉢が無いことが条件ですが……」

柴田の顔に明らかに落胆《らくたん》の色が浮かぶ。

「もうよい。部屋には火鉢はあった」

「そうなんですか。これは……どうやら見当違いのようでした」

「だろうな。余計な詮索《せんさく》などせず、火消は火に備えておればよいのだ」

そう吐き捨てられ、新之助は気まずそうに去った。

「案外、単純で助かりましたよ」

新之助は戻って来ると、けろりとした調子で報告した。正面から訊いても教えてもらえないと考え、一芝居打ったという訳である。

火種になったものが何かということを調べなければならない。この手の漠然としたものを調べるのは素人《しろうと》ではなかなか難しい。打ってつけの男がいることに気付き、源吾は頼み込んだ。その結果が出たのは、依頼してから僅《わず》か三日後のことである。

「調べて来たぜ」

教練場の裏木戸から、ふらりと入って来たのは長谷川平蔵《はせがわへいぞう》である。

「すまねえな」

源吾は星十郎と共に講堂の廻縁に腰を下ろした。

「ざっと八十人から話を聞いた。途中でこれだと思うものがあったが、裏も取らねえとな」

平蔵の執念《しゅうねん》は凄まじい。京の事件などでは短い間に百を超える者に聞き込んだこともあるのだ。

「で、どうだった」

「加持殿の言った通りだった。一度目、二度目ともに、爆ぜる四半刻（約三十分）ほど前に文が来ている」

星十郎はやはりというように頷いて尋ねた。

「文を届けた者は？」

「近所の子どもだ。駄賃をもらって届けろと言われたらしい」

「じゃあ、まずその子どもを見つけて……」

「いや、もう見つけた」

平蔵は手控え帳を捲りながら平然と言った。

「流石だな」

「これくらい序の口だ」

不敵《ふてき》な笑みを浮かべたのも束の間、平蔵はすっと表情を消して続けた。

「心配するな。子どもから聞き取ったところ、依頼した者は伊神甚兵衛の風体《ふうてい》とは似ても似つかねえ」

一件目は男で、二件目は女だという。男のほうは四十絡みの小太りの町人風。女は若く二十歳ほどで、こちらは武家の女中風である。

「燃やさなければならねえ文面か」

「そこまでは判らねえ。だが二件目では主人が家臣の前で文を解いたらしく、横からちらりと見えたらしい」

主人は文を解くと蒼白《そうはく》になったらしく、その家臣はそれで気になって文に視線をやってしまったという。文の内容は判らないが二枚に分かれており、一枚目にはそれほど多くは書かれていなかった。そして二枚目は、

「白紙……？」

「ああ、何も書かれていなかったとさ。これで俺はぴんと来た」

平蔵が己を飛び越えて星十郎を見つめた。

「炙《あぶ》り出しですね」

平蔵は苦み走った笑みを浮かべた。果実の汁などで紙に文字を書き、火で炙ると浮き出るというものだ。子どもなどはこれを面白がってやり、数年に一度はそれが原因の小火《ぼや》騒ぎもある。

「しかし面識もない者の文に従って、炙り出しなんてするか？」

「恐らく差出人は書かれていたのでしょう。故に主人は顔色が悪くなった。そして炙り出しのような手法を用いてもおかしくないような秘密を共にする相手と見

てよいかと」

星十郎は些か冷たくなった風に揺れる前髪を分けながら続けた。

「これが特定の者を的にしたものとするならば、狙われた二人には共通する何かがあるはず」

「それについても調べたぜ」

平蔵は指先を舐めて手控え帳をはらりと送った。

「どうでしたか？」

「この二人だけじゃ、なかなか絞れやしねえ。だが少し引っ掛かることがあってな」

「引っ掛かること？」

源吾は唇を捻るようにして訊き返した。

「ああ、実は謀殺だって意見は俺も同じさ。だがこれが尾張藩内の問題に関わっている場合、わざわざ仲間の家屋を焼こうとするかってな」

「なるほど」

星十郎もそれは考えなかったようで感心したように相槌《あいづち》を打った。

「二度目の火付けで火移りして爆ぜた家の者が四人。火元の二人を足して六人の共通はないかと探ると……出たぜ」

平蔵は頬を上げてにやりと笑った。

話は七代藩主徳川宗春《とくがわむねはる》の頃に遡る。華美《かび》を好んだことで知られており、江戸の庶民に大人気の火消でも尾張が一番になるようにと、多大な予算を投じたのもこの宗春であった。甚兵衛の父の代では思うように成果が出なかった。宗春が痺《しび》れを切らしかけていることを感じ、甚兵衛は「大物喰い」という無謀なやり方で尾張藩の勇名《ゆうめい》を高めたのである。

しかし当時の将軍吉宗《よしむね》は倹約を奨励《しょうれい》しており、それに真《ま》っ向《こう》から反対する宗春を煙たく思っていた。そこで目をつけたのが、領民を圧迫するほどになっていた財政の悪化と、幕府と表立って対立する藩主に危機感を覚えた反宗春派の家老《かろう》らであった。宗春の存在が藩を危うくするのではないかと恐れる国元の附家老たちを揺さぶり、藩主の留守中に実権を奪わせ、宗春を隠居に追い込んだのである。幕府は新たに尾張藩二代藩主光友《みつとも》の孫で、高須《たかす》藩の松平義淳《まつだいらよしあつ》を宗勝《むねかつ》と名を改めて、八代尾張藩主として襲封《しゅうほう》させた。

「この時、幕府に与《くみ》して隠居を迫った派閥《はばつ》と、宗春と共に最後まで抵抗した派閥がある」

この宗勝時代は、幕府の後押しを受けて宗春を退隠させた者たちが政《まつりごと》の中心となり、宗春派は失脚して冷遇《れいぐう》されることとなった。宗春派は勢いを失い、幕府の望みどおり、息を吹き返すことはあるまいと思われていた。

「だがこれに頑強に抵抗する者がいて、ことはそう上手く進まなかった」

「誰だ」

「当主、宗勝様その人だ」

幕府によって尾張藩を継ぐことが出来た宗勝である。抵抗を示すとは予想外だったらしい。宗勝は凡愚《ぼんぐ》な男ではなく、むしろ聡明《そうめい》であったという。宗春時代に湯水の如《ごと》く銭を使い、尾張藩の財政が逼迫《ひっぱく》していたことは事実である。だがそれが考えなしのことではなく、今の老中田沼がそうであるように重商業主義を目指した上での失敗だということも重々理解していた。

だからこそ、尾張藩の当主を紀州系に譲《ゆず》ることは別の話だと考えていた。宗勝は領民に負担を掛けぬために税は一切上げず、緊縮政策を行うとともに、学問の奨励、産業の育成、新田開発を図り、財政をみるみる立て直していった。見事に幕府の力を借りずに尻拭《しりぬぐ》いをしたのである。

その上で宗春派からも人材を登用し、自らの子を次代の当主に据えることを早々に決めてしまったのだ。自力で復活した尾張藩に対し、流石に幕府も無理を通す訳にはいかず、これを渋々ながら認めざるを得なかった。こうして宗勝は宝《ほう》暦《れき》十一年（一七六一年）に鬼籍《きせき》に入り、その次男である宗睦《むねちか》が九代藩主を継いで今に至る訳である。

「本題に戻って今回の火付けだ」

火元となった家屋の者、そして飛び火から爆発を引き起こした家屋の者、全てがかつて宗春を支持した家であり、宗勝と共に幕府の尾張藩乗っ取りを防いだ家だったのだ。

「尾張藩への影響力を強めたい、誰かが仕組んだことだろうな。旧宗春公派は、これで萎縮《いしゅく》しちまうだろう」

平蔵は苦々しく言葉を継いだ。

「それにあれだけ立派な屋敷を再建するとなれば、莫大な金もかかる。持ち直しつつあった尾張藩の財政も、また傾いちまう。火付けにはそんな狙いもあるのかもしれねえな」

「そんなことのために……人の命を何だと思ってやがる」

源吾は喉を鳴らすように低く唸った。

「虫唾が走るな」

忌々《いまいま》しそうに舌を鳴らして平蔵は同意した。

「その誰かってのが……」

「一橋の野郎、だな」

源吾は口内の肉を嚙みしめた。

「御三卿だぜ？　それが真なら世も末だ」

平蔵は眉を上げて苦笑した。

「これまでも散々《さんざん》やってきやがった」

源吾が言うと、平蔵は苦笑して頷く。そして膝に手を突いて身を乗り出し、声をさらに落として続けた。

「もう一つ、尾張藩には不安がある」

現尾張藩主の宗睦は父親である宗勝の路線を継続し、さらに藩政を立て直しつつあるのだが、跡継ぎに苦慮しているのだという。昨年には嫡子《ちゃくし》だった長子の治《はる》休《よし》が夭折《ようせつ》し、次男の治興《はるおき》も身体が丈夫とは言えないらしい。

「一橋は、尾張藩の乗っ取りすら企んでいるのかもしれねえな」

自身の子を、宗睦の養子として尾張藩を継がせるということである。

平蔵が調べてきてくれたことを、自身の推理に加えて星十郎は整理した。

甚兵衛が狐火もどきの一件においては、一橋一派に与していたらしいことも考え合わせると、黒幕はやはり一橋。狙いは、尾張藩の弱体化及び自らの影響力を強めること。その為には宗春をかつて支持し、今も尾張藩を守ろうとする者たちを除きたい。とはいえこの泰平の時代に暗殺など易々《やすやす》出来る訳はない。そこで派閥など関係なく、尾張藩そのものに怨みのある伊神甚兵衛の祟《たた》り、あるいはその縁者による復讐に見せかけようとした。甚兵衛と言って連想するのは炎である。故にこのような派手で、手の込んだ手口を用いているのではないか。

「伊神甚兵衛が生きていて姿を見せたことで、祟りなんぞでなく、いよいよ本人の仕業って思うわな」

「田沼様に伝えてくれねえか」

源吾は静かに言った。秀助を真似た事件の折、下手人の中に甚兵衛と思《おぼ》しき者がいたことは田沼も知っているはず。故に要人に追わせているのだ。田沼もまた、甚兵衛が一橋の手先となって動いていると信じているだろう。

「いいぜ。何て伝える」

「伊神甚兵衛は……この件には嚙んでいない。何らかの事情がある」

状況だけ見れば、未だ甚兵衛は一橋一味と誰もが考える。甚兵衛が姿を現した時の言葉も嘘だと思うだろう。だが己は違う。感情が昂って気が動転していたものの、屋根からこちらを見下ろす甚兵衛の眼は、己が若かりし頃に見た、

――火消の眼。

だったように思えてならなかった。今はそれだけが理由である。

「信じて下さるか判らねえぞ」

「俺が証明する」

源吾が言い切ると、平蔵は暫《しば》し黙っていたが、やがて鼻を鳴らして腰を上げた。

「お前が腹を決めたら、もう止められねえな」

平蔵はそう言って裏木戸に向けて歩み始めた。

「世話になったな」

「馬鹿。まだまだ調べ続けるぜ。乗り掛かった舟だ」

平蔵は振り返りもせず、軽く手を上げて裏木戸を潜るようにして去っていった。その背がますます先代に似てきたように思えた。

証拠こそないものの、これで今回の事件の発端が見えてきたと感じられる。まだ宗春派の流れを汲む有力な家臣は多く残っていると平蔵は言っていた。仕掛けも完全に露見《ろけん》していない今、敵は、いや一橋派はやはりまた仕掛けてくる。それまでにやらねばならぬことは三つある。

四

まず一つ目は尾張藩に警鐘を鳴らすことだった。すぐに源吾が会ったのは新庄藩での盟友、折下左門《おりしもさもん》であった。

「と、いう訳だ」

源吾が話を終えると、左門は何の迷いもなく即座に答えた。

「私はご家老を動かせばよいのだな」

「頼めるか」

尾張藩全体に確実に警戒させるためには、火消頭の中尾将監《なかおしょうげん》に伝えるだけでは弱い。会合の帰りがけに中尾に声を掛けた星十郎によれば、心ここにあらずといった様子だったらしく、まともな対応ができるとは思えなかった。正式な方法で伝えるべきである。しかも内容には尾張藩の汚点も含まれているのだ。尾張藩と言えば御三家の筆頭である。新庄藩のような小大名など、家老級でなければ話すら聞いてくれないかもしれなかった。

「人の命が掛かっている。ここは私の腕の見せ所だ」

左門は藩の外交官とも言うべき御城使《ごじょうし》の役目を担《にな》っている。家老の北条六右衛門《ほうじょうろくえもん》、場合によっては御連枝《ごれんし》たる戸沢正親《とざわまさちか》も動かし、必ずや尾張藩と繋いでみせると意気込みを示してくれた。

二つ目は未だ解らない瓦斯の発生方法を突き止めること。星十郎の推理に基づいて自ら調べるためには、次の火付けを待たねばならない。それではまた無為《むい》に命が消えることになり、ただ座している訳にはいかなかった。現状でもっともその絡繰《からく》りの秘密に近い男がいる。源吾としては会いたくもないが、人命のためと思えばそうも言ってはいられない。

「八重洲河岸に面会を申し込んでくれ。断られるのが落ちだろうがな」

源吾は新之助にそう命じた。一応は正式な手順は踏むが、断ったところで無理やり乗り込むつもりでいる。

「どうでしょう……受けそうな気もしますね」

新之助は少し首を捻った。新之助が火付けの下手人として追われていた時、内記に助けられたことは後で聞いた。また腹黒いことを考えていたのかもしれないと新之助も思ったという。だが、やはり何処か引っ掛かるところも残っているらしい。

「明日にでも出向くから会えと伝えてくれ」

「はい。今日は早くお戻りになったほうがよいのでは？」

「すまねえな。そうする」

ここのところ夜の当番も増やしており、源吾が講堂に泊まり込むことも増えている。家に帰る頃にはとっぷり日が暮れていて、ここしばらく深雪《みゆき》ともまともに話が出来ていない。

だが、今日に限っては早めに戻ると深雪に伝えていた。それこそが三つ目になさねばならぬこと。己が直面している事件のことを、深雪にも話すということである。

源吾が自宅に戻ったのは、まだ辺りも明るい申《さる》の刻（午後四時）だった。

「帰った」

「おかえりなさいませ」

深雪は穏やかな笑みで出迎えてくれた。平志郎《へいしろう》が居間で新之助がくれた馬の玩具で遊んでいるのも見えた。平志郎は己に気付くと、玩具を放り出してこちらに向けてよちよち歩いてこようとする。

「平志郎、すぐ行くから待て」

このまま進んでは土間に落ちてしまうと、源吾は慌てて言った。

「心配いりません。危ないともう解っていますので、手前でしっかり止まります」

「そうか」

深雪は薄い唇を綻《ほころ》ばせ、源吾はほっと胸を撫でおろした。

「夕餉《ゆうげ》の支度《したく》をしておりますので、ごゆっくりなさって下さい」

「ありがとう」

源吾は刀を預けると、足を手早く洗って居間に向かった。確かに平志郎は段差の手前で止まって、嬉々《きき》とした顔で待ってくれている。

子どもの成長は早いものである。つい最近歩くようになったと思っていたが、己が知らぬうちにしっかりこのようなことまで覚えている。近頃では言葉とまではいかぬが、何やら声を上げて意思を伝えようともしている。初めて話す瞬間も、きっと己は家にいないのだろう。そんなことを茫《ぼう》と思うと、無性《むしょう》に平志郎が愛《いと》おしくなるとともに、胸を摑まれるような痛みを覚えた。

――俺も同じか。

思い出したのは父のことである。

大旗本ならば然《しか》るべき学問所、大名の家臣では藩校などで学ぶ。かつての主家の松平隼人《はやと》家は大旗本だが、その家臣の松永家は陪臣《ばいしん》の身。このような家格の子は、町人や職人、大百姓の子女も通う寺子屋で学ぶ。故に源吾も寺子屋へ通い、様々な身分の子どもたちと机を並べていたのだ。

寺子屋では年に一度、親が手習いの成果を観るという機会がある。父は御役目の都合を付けて必ず行くと約束していた。しかし他の子の親が居並ぶ中に、いつまで経っても父の姿は見えない。源吾は何度も、何度も振り返っていたが、結局、父は最後まで姿を見せることは無かった。後に聞いたところによると、飯田《いいだ》町《まち》の管轄内で小火騒ぎがあり、急遽出動せねばならなかったのだ。

――源吾、申し訳ない。

父は目尻を下げながら詫びた。その時は源吾もまだ父が火消であることを誇りに思っていた頃である。全く気にしていないと強がり、精一杯の笑みを作って見せたのを覚えている。

きっと平志郎にも同じような想いをさせてしまうだろう。自らが親となって初めて、父の苦悩もようやく実感として解るようになっている。

「平志郎。ごめんな」

膝の上に乗せた平志郎の頭を、源吾は優しく撫でた。平志郎は言葉の意味は解らない。擽《くすぐ》ったかったのか、高い声で笑うのみである。

夕餉の支度が出来た。いつ何時、走らねばならないかもしれないので酒は断った。深雪が次の間で平志郎に乳をやる間、源吾は少しずつ箸を付ける。

箸で割った大根を口に入れて咀嚼《そしゃく》する。溢れ出た出汁《だし》が口の中に広がる。こうしてゆっくり味わって飯を食うのも久方ぶりだと気付いた。このような大きな火付けが続けば、火消は毎食握り飯のようなことも珍しくない。それでも食えるだけまだましというもので、一日中飲まず食わずで、駆けずり回ることもあるのだ。

「寝ました」

深雪は襖をそっと開けて囁《ささや》くように言った。

「そうか」

「食欲がないので？」

「いや、お前が来るまでに食べ終わらぬようにな」

「まあ、結構ですのに」

　そもそも武家では妻と共に飯を食べるという習慣がない。夫が食している間は、妻はもっぱら給仕を務め、その後に食事を摂《と》る。だが源吾はこれが嫌いだった。

「平志郎は大きくなったな」

「幾ら今が忙しいとはいえ、三日に一度は顔を見ておられるのに」

「何となくな」

「重内《じゆうない》様……御義父上《おちちうえ》のお話をお聞かせ願えませんか」

　ふいに深雪が言った。深雪の父は、松平隼人家の勘定方を務めていた月元右膳《つきもとうぜん》と謂《い》う人である。つまり己の父、重内とは同輩であったのだ。だが己と縁を結ぶ前に父は亡くなっているため、深雪は一度も本人に「義父上」と呼びかけたことはない。故に重内様と、昔のように呼んでしまったのだろう。

「そうだな」

源吾は天井を見上げてぽつりと零した。深雪は凡そのことは知っている。それでも先日、配下に話した程度のことである。源吾からも殆《ほとん》ど語らなかったし、このように訊かれたのは初めてだった。

それから約半刻、源吾は改めて父の話をした。幼い頃のこと、いつしか反発するようになったこと、そして大学火事の経緯、最後に見た父の姿。配下たちに話すよりも深く、その時の己の想いも含めて全て吐露《とろ》した。

「親父は幸せだったのかな」

最後にそのように源吾は結んだ。仕事に一途《いちず》に生きたが、勇名を轟《とどろ》かせたという訳でもない。最も理解して欲しかっただろう息子にはいつしか嫌われ、ようやく昔のように心を通じ合えた時は死の間際《まぎわ》だった。

「それは旦那《だんな》様がよく解っておられるはずです」

相槌さえ打たず、黙々と頷くだけであった深雪はようやく口を開いた。

「俺も平志郎に……」

「私がそうはさせません」

全てを言い切る前に、深雪は遮って力強く言った。母が早くに亡くなったせいにするつもりなど毛頭《もうとう》ない。だがもし存命であったならば、また違ったかもしれないのも事実。そして深雪は真に、平志郎にしっかりと己の想いを伝えてくれるに違いない。

「何かお話がおありなのでしょう」

いつ切り出そうかと思案していたところ、深雪のほうから先んじて口を開いた。

「まだ俺は親父を超えてはいねえ」

客観的に見てすでに己の指揮のほうが勝っている。母譲りの耳という武器もある。番付《ばんづけ》も若い頃にとっくに上に載った。だがただ一つ、未だに父を超えていないものがある。そしてそれは火消の根幹《こんかん》であり、最も大切なものだと思っている。そんな父の最後の想いが遂《と》げられたのか否《いな》か、確かめるのは己をおいて他にないと考えるようになった。

「親父は伊神甚兵衛を火消に戻せたのだろうか。それは俺が確かめなきゃならねえ。そのために……」

源吾は伊神甚兵衛と三度目に出会ってより、自問自答し続けた考えを深雪に話した。

「そんなことですか」

深雪は呆気《あつけ》なく微笑んだ。

「また苦労を掛けることになる。二度と会うことも叶わないかもしれねぇ」

この先、どう転ぶか己でも解らない。幕府から罪に問われるだろうことをやろうとしている。

「必ず生きて帰ってきてください」

源吾ははっと深雪の目を見つめる。

「そうなれば武士を辞めて商いでもしましょうか」

深雪は平然とした調子で続けた。

「いいのか……こんなことのために」

父の想いを継ぎたいと言えば綺麗であるが、結局のところ己の我儘《わがまま》である。深雪には反対は当然、愛想を尽かされても文句は言えない。

「こんなことではありません。私の義父上のことなのですから」

深雪は凜然《りんぜん》と言うと、さっと手を叩いて膳を片付け始めた。すっかり日が落ちてしまったから洗い物は明日にしよう、平志郎の冬の衣支度が、などとすっかり常と変わらぬ様子に戻っている。動き回る深雪の背を見つめ、源吾は震える唇を巻き込むようにして押さえた。

第七章　信《しん》

一

翌日、源吾は八重洲河岸定火消《じょうびけし》屋敷の門前にいた。断りの返事が来るか、あるいは無視されるのが落ちだと思っていたが、意外なことに、

――未《ひつじ》の刻（午後二時）に来られよ。

と、返事があった。

何処《どこ》から落ちたのか、名も知れぬ木の実が、風を受けて道を転がっている。空も日に日に高くなっており、すっかり秋めいていた。

門を叩《たた》くと、一人の侍《さむらい》火消が姿を見せた。

「聞いております」

侍火消は短く言って案内をする。己への嫌悪感が漏れているのを感じた。それもそのはず、内記の裏の顔を暴《あば》き、八重洲河岸定火消の謹慎、大量の配下の流出

を招いたのは己なのだ。内記の配下としては快く思えるはずがない。

それこそここに入るのはその時以来のこと。あの時に半焼した講堂、火の見櫓《やぐら》などもすっかり再建されており、元より立派になっているほどである。

「松永殿が来られました」

「お入り頂け」

侍火消が部屋の中に伺《うかが》いを立てると、襖《ふすま》の向こうから内記の声が聞こえた。

「下がってよい」

襖を開けると、内記は侍火消に向けて言った。

「しかし……」

「よいのだ」

「解《わか》りました」

火消侍が会釈《えしやく》をして下がっていくと、内記は薄い笑みを浮かべながら座るように手で促した。

「挨拶《あいさつ》は無用にしよう」

「ああ」

源吾も腰を下ろすと、内記を見つめて低く応じた。こうして向き合って話すのは何年振りのことか。恐らくはあの大学火事以来のことかもしれない。

「訊《き》きたいことがあるのだろう。凡《およ》その予想は付く」

「単刀直入《たんとうちょくにゅう》に訊く。此度《こたび》の火付け、お前はどうして爆《は》ぜるか解っているか」

「瓦斯《がす》の類《たぐい》であろうな」

「知っているのか」

確かに火消をやっていると肥溜《こえだ》めが爆ぜるなどということは知っていた。だがそれは経験則でのことであり、瓦斯という呼び名も、他にも発生する状況があることも、星十郎に聞くまで己は知らなかったのだ。それを内記が知っていることに些《いささ》か驚いた。

「明和《めいわ》の大火の前後、あまりに奇異な炎が続いた故《ゆえ》な。後に方々《ほうぼう》の学者にも頼り、如何《いか》なる仕掛けがあったか検証した」

たとえその時は敗れたとしても、後で徹底的に究明して次に生かす。これは一手の頭《かしら》を務める者として肝要《かんよう》なことである。内記は視線を横に外して続けた。

「真秀《しんしゅう》……秀助であったか。あれほど炎を知る者は百年に一度現れるか否《いな》かというところであろう」

「それも知っているとはな」

明和の大火の下手人《げしゅにん》は秀助である。だが秀助が自らを無宿者《むしゅくもの》の真秀と言い張ったことで、世間にはその名で知られている。それも今思えば、藍助を慮《おもんぱか》ったのだろう。

ともかく内記は秀助の名を知っている。一橋とも繋がっている内記ならば、こちらはそれほど驚くことではないかもしれない。

内記は切れ長の眼を細めつつ言った。

「話を逸《そ》らしてしまったな。火付けの手口……見当はついている」

「ほう」

「部屋には瓦斯が満ちていた。瓦斯には無臭のものもある故、気付かずとも無理はない。それに火が付いて爆ぜたという訳だ」

内記は薄気味悪い笑みを崩さぬまま続けた。

「だが、瓦斯は火の気に応じてすぐさま爆ぜる。その場で火を付ければ下手人自身もただでは済まぬ。恐らく火を付けたのは主人本人。焼けと命じられた密書、あるいは炙《あぶ》り出しのような手の込んだものかもしれぬな」

星十郎が導き出した推理まで、内記も辿《たど》り着いていることに驚愕した。この男、己たちの世代では頭抜《ずぬ》けた智嚢《ちのう》を持っていたが、これほどとは思わなかった。

「えらく気前がいいじゃねえか」

「そこまでは気付いているのだろう。貴藩には加持星十郎がいる故な」

星十郎が優れた風読みだということはすでに世に知られているが、様々な学問を修《おさ》めていることまでは広まっていないはずである。

「話が早《はえ》え」

源吾は気圧《けお》されぬよう身を乗り出して続けた。

「俺が訊きたいのは一つ。瓦斯の正体、お前は何か摑《つか》んでいるんだろう」

「さて……な」

「知っているなら教えろ」

「それはお主らが自ら突き止めればよかろう」

「次の火付けは今日かもしれねえ。余計な駆け引きをしている暇はねえんだ。そうでもなければ、俺がお前に頭を下げに来るか」

「下げているようには見えぬがな」

内記は嘲笑《あざわら》うように鼻を鳴らした。

「頭を下げりゃ教えるってんなら、幾らでも下げてやる」

源吾が居住まいを正そうとした時、内記は小さく舌打ちをした。

「一つ教えろ」

「何だ」

「何故、私が正体に気付いていると考えた」

「慎太郎から聞いたんだ。お前が燃える屋敷の中、しゃがんで畳を見ていたとな」

源吾が正直に話すと、内記は僅《わず》かに首を傾けた。

「それは一度目のことだな。二度目……先日の話は聞いておらぬのか」

「あれ以降はまともに話してねえ。あいつは今、行方が判らなくなっているだろう」

「何……」

「知らねえのか。藍助もだ」

これまで笑みが消えなかった内記の顔色が初めて翳《かげ》った。嘘《うそ》を吐いているという様子はない。当然状況から見て知っている、それどころか内記が煽《あお》ったのではないかとさえ思っていたので意外であった。

「面倒なことになりそうだな」

「てめえが止めなかったからだろうが」

冷静にいることを肝《きも》に銘《めい》じていた源吾であったが、この他人事《ひとごと》のような言い草に怒りが込み上げた。

「止めて耳を貸すと？」

「皆で若い鳶《とび》は出さないと決めたんだ」

「お主の言う『皆』に八重洲河岸は入らぬ」

「何が狙いだ。また何か企《たくら》んでいるんだろう」

「お主は単純明快に生きられて羨《うらや》ましい限りだ」

「馬鹿にしやがって」

「皮肉ではない。本心のつもりだ」

内記の笑みが苦いものに変わった。

「喧嘩《けんか》を売りに来た訳ではあるまい。お主の睨《にら》んだ通り、瓦斯の正体は見当が付いている」

内記は溜息を一つ零した後、話をもとに引き戻した。

「本当か」

「ある畳の上だけ炎が踊り狂っていた。これは床下に何かあると思い、二度目の時に床板を剝がして覗き込んだ」

「何があった」

逸《はや》る己に対し、内記はすっと色の白い手で制した。

「まずお主は信じぬだろうが、私は見たものをあの若鳶たちには話していない」

「何故だ」

「知ればさらに止めたくなる。若さとはそのようなものであろう」

内記の口振りは、かつてのお前ならばそうであっただろうと言っているようにも聞こえた。内記は開け放たれた庭に目をやる。銀杏《いちょう》の木が一本あるが、ほんの僅かに葉が残っているだけで殆ど散り落ちている。

「背が低く、口の大きい甕《かめ》のようなもの。蓋《ふた》はない」

内記は抑揚《よくよう》なく静かに言った。

「甕か……」

「穴から差し込む微《かす》かな明かりでは薄暗く、目が慣れるのに些か時を要した。が、中に何があるかも見えた。まず水のようなものが甕の半ばまで入っている」

内記はこちらへゆっくりと顔を向けながら淡々《たんたん》と話した。

「その水が瓦斯を」

「いや、どうもそうではないらしい。水のようなものの中に小ぶりの鉄瓶《てつびん》が沈んでいた」

「鉄瓶？」

それに何の意味があるのか判らず、源吾は眉を顰《ひそ》めた。

「知人の伝手《つて》を頼り、とある蘭学《らんがく》に通じた御方に相談した」

内記の人脈の広さにも驚くが、今はその答えにこそ興味があり源吾は息を呑《の》んで次の言葉を待った。

「水らしきものは塩の酸ではないかということだ。そこに鉄を加えると無臭の瓦斯が生まれる。しかもそれは……」

「爆ぜる……」

源吾が漏らすと、内記は鷹揚《おうよう》に頷いた。

「私も詳しくは知らぬ。が、加持星十郎ならば知っているだろう」

「解った。確かめる」

「用が済んだなら帰れ」

吐き捨てるように言うと、内記は再び庭へと視線を運ぶ。いつの間にかその口元から笑みが消えていることに気付いた。憎むべき相手であるはずだが、鼻の奥に何処《どこ》か懐《なつ》かしい匂いが蘇《よみがえ》った。

「何故、話す気になった」

「この火付けに府内の火消が右往左往《うおうさおう》していれば、我が管轄内で出火した時に影響を蒙《こうむ》る。私とて火消だ。早く終わって欲しいと思っている」

「お前は本当に慎太郎たちを……」

「そのような甘い男でないことを、お主が最も知っておろう」

「新之助の時も助けた」

「あれは大丸《だいまる》から大金を貰《もら》い受けた故。こちらの都合もある」

内記は取りつく島はないと示すかのように淡々と返した。

「そうか……礼は言っておく」

源吾はそう言って腰を浮かせた。襖の前まで歩いた時、背後から内記が呼びかけた。

「一つだけこちらも礼を言うことがある」

「何だ」

「この絡繰りを教えてくれた蘭学に通じた御方がいると申したな。何故かお主の内儀《ないぎ》を知っているらしい」

「深雪の……？」

記憶を手繰《たぐ》れば、確かに知人に蘭学に傾倒《けいとう》している人物がいると言っていたような気がする。

「内儀から火消の苦労を沢山聞かされたとか。故に江戸の火消が困っているならば力になろうと仰《おっしゃ》ったらしい。そうでもなければ中々目通りも叶わぬ御方よ」

「あいつ……そんな御方と知り合いなのか」

「やはり知らぬか。ともかく後で借りだと思われれば癪《しゃく》なので言っておく」

「ああ」

要領《ようりょう》は得ないものの、源吾は適当に相槌を打った。

「お主は幸せそうで何よりだ」

「また皮肉か」

「もう帰れ」

内記は倦《う》んだように溜息混じりに言い放った。源吾ももう何も言わず部屋を出て屋敷を後にする。暫く行ったところで源吾は八重洲河岸定火消屋敷を振り返った。やはり今日の内記からは、懐かしい香りがした気がする。己が去った今も、葉の落ちた銀杏の木を細めた目で眺め続けているのではないか。そのようなことを茫《ぼう》と考えながら源吾は帰路へと就いた。

二

源吾は内記のところから戻った足で、星十郎の自宅へと向かった。

星十郎は新庄藩の天文方《てんもんかた》として禄《ろく》を食《は》んでおり、火消組には出向という形をとっている。故に己や新之助のように、藩から屋敷を与えられていた。滅多《めった》に来ることはないが、いつ来ても星十郎の屋敷は美しく整っている。というより、物がほとんど見当たらない。生活に使う品しか置いてないと言うが、それすら無いのではないか。女中を一人雇っているのだが、掃除が楽だと言っているらしい。ただ星十郎の書斎だけは、多くの書が山積みになっている。女中もこの一室は構わないで良いと言われているらしく、そこだけが全く別人の住まいのようである。

内記から聞いた話をそのまま伝えると、星十郎はなるほどと小さく唸《うな》った。

「酸というのは酢のようなものか。鉄と酸で、本当にそんな瓦斯が出るのか？」

源吾が尋ねると、星十郎は赤茶けた頭を縦に振った。

「出ます。酸というのは恐らくは塩の酸でしょう。阿蘭陀《おらんだ》ではずうゝるゝと呼んでいるものです」

塩酸は今から約千年も前に発見された。作り方を端的《たんてき》に言うと、それ以前に発見されていた、緑礬油《りょくばんゆ》とも呼ばれる硫酸《りゅうさん》に、塩を加えれば出来る。濃いものだと人の肌をただれさせるが、薄めてしまえばさほど危険でもないという。

「鉄や亜鉛に塩の酸を合わせれば、無臭の瓦斯が出ます。そして、それは上に溜まる性質を持っています」

「仕掛けるなら床下が打ってつけだな」

「はい。酸の濃さによって、瓦斯の量や時も調節出来るかと。そして火を近づけると激しく燃えるという代物《しろもの》です」

主人が火を使ったところで部屋が爆発する。主人は即死であろう。仕掛けはその瓦斯を暫く吐き続けるため、内記は炎がやたらと強いあたりの畳に疑問を持ったのだろう。

「じゃあ、内記が言ったことは嘘じゃねえんだな」

「ええ、でもよく正直に話しましたね」

こちらが何か弱みを握っている訳でも、相手に利がある訳でもない。少々応酬はあったものの、結果的に内記が素直に話したことになる。

「この火付けが収まらないと、巡り巡って八重洲河岸も己の管轄を守るのに苦労する。案外、それが本心なのかもな」

かと言って他の火消たちと足並みを揃える気も無い。お前たちでさっさと解決しろというところか。ともかく星十郎に確かめたことで裏が取れた。十中八九《じっちゅうはっく》、瓦斯の絡繰りはこれと見ていいだろう。

「間に合いましたね」

「尾張藩の者に警戒させれば、未然に止められるかもしれねえ」

次の火付けで必ず甚兵衛を捕らえる。しかし火付けそのものを止められるのに、尾張藩を囮《おとり》のように使うつもりは毛頭ない。推理そのままの手口ならば、少なくとも一人の命を救うことが出来るのだ。

星十郎の宅を後にして、源吾はすぐに左門に絡繰りが解けたことを伝えに向かった。

「と、いう次第だ。俺もそうだったが、俄《にわ》かには信じ難いだろうが……」

「ふむ。加持殿の申すことなら間違いあるまいな」

「ああ、そちらはどうだ」

「ご家老と共に何とか目通りが叶った」

今日にでも再度報告に行こうと考えていたという。

尾張ほどの大藩ともなれば家老の数も多い。出て来たのは中でも決して位の高いほうではなく、江戸詰めの末席の家老であったらしい。

「宗春公についた家の者で助かった」

平蔵から聞いた話をもとに、左門は事前に誰がかつての宗春派で、誰が幕府派なのか予《あらかじ》め予測を立てて臨《のぞ》んだという。出て来た家老が幕府派ならば、話しても揉《も》み消されるだけのこと。その場合は改めて出直すか、個人的に接近することも考えていたらしい。

「そこで挨拶もそこそこに切り出した」

左門は此度の火付けは怨恨《えんこん》によるものではなく、尾張藩の内紛に起因しているのではないかと単刀直入に尋ねた。

「真正面からか？」

「下手《へた》に小細工をしても、余計な疑念を生むだけだ」

左門は厳しい表情のまま溜息交じりに続けた。

「結論から申せば芳《かんば》しくない」

尾張藩家老はみるみる顔を青くしていき、即座にそのような事実はないと反論した。それでも左門がなおもしつこく食い下がると、畳を這うような低い声で、

――何が目的だ。

と、訊いてきたというのだ。

「認めたようなものだな」

「狼狽《うろた》えた様子からも間違いなかろう。当然、こちらは火付けを止めたいだけだと申した。だが……」

「まあ、信じないだろうな」

「うむ」

尾張藩内に内輪《うちわ》揉めがあるなど、口が裂けても言えないだろう。とはいえ旧宗春派のその家老としては、自らも狙われるかもしれないのだから動揺するのも無理はない。あくまで仮の話として、如何にすれば火付けを防げるのかと尋ねてきた。左門は現状で解っている対策を、あくまで世間話という態《てい》で伝えたという。

「役に立てなかったな。すまない」

左門は申し訳なさそうに頭を下げたが、源吾は首を横に振った。

「いや、伝えることが大切なんだ。これで気を付ければ、一人でも救えるかもし

れねえ」

その家老が同派の者に伝えたところで、一笑《いっしょう》に付《ふ》されるということも大いに考えられる。それでも一人くらいは頭の片隅に置き、気にかける者もいるかもしれない。それだけでも十分な成果であった。

「左門、ご家老様には……」

「話した」

次の火付けが起こった時、己が取ろうとしている行動は、新庄藩にも迷惑を掛けることになる。左門には先に打ち明けたところ、六右衛門に伺いを立てると言ってくれた。

「顔を苦く歪めておられたぞ」

「やはり俺が自ら話したほうがよいか」

「いや、今は直《じか》に会わぬほうがよいと仰《おお》せだ。何も知らぬ振りをして驚くことにするとのことだ」

「それじゃあ……」

「それが尾張藩を、江戸の民を救うことになるならば……上手《うま》くやれと」

眉を開く左門に対し、源吾は口を結んで頭を下げた。

「勝手を言ってすまない」

「今に始まったことか。止《や》めろよ」

左門は頰を緩めて微笑む。若い頃は一人で駆け出すほかなかった。だが今は多くの者が己を信じて後押ししてくれている。それが己の勇気へと変わっていることを感じ、源吾は力強く頷いた。

三

各火消ともに次の火付けへの備えに加え、自らの管轄にも目を配らなければならず、なかなか容易に集まることは出来ない。源吾は己の思惑《おもわく》を文に認《したた》め、勘九郎ら他の頭たちのもとへと送っていた。

言い出せば聞かないと思ったのか、いや、皆が同じ違和感を持っており、しかもこの方法しか全ての真実を詳《つまび》らかに出来ないと感じているのだろう。秋仁や与市は要約すると、

――協力します。

といった内容の返信を。漣次からはそうなりそうな気がしていたという旨に加

え、

——お前以外には出来ねえ。任せた。

という同期らしい応援の返事が来ていた。

最後の返書は勘九郎である。火消連合の大将としてよくよく考えた上で筆を執ったのだろう。

——承《うけたまわ》った。各々《おのおの》と打ち合わせする。

思慮《しりょ》深く、それでいて感情は殺さず文机《ふづくえ》に向かう勘九郎を見たことがある。内容はたったそれだけの短い文であるが、今回もそうであったことは、紙面に並ぶ力強い文字からも伝わってきた。

新之助ら新庄藩火消の主だった頭には、深雪に考えを明かした翌日に、己の思いとともにすべてを話した。

こうして全ての支度が整った。だが、それから七日の間、件《くだん》の火付けは疎《おろ》か、小火《ぼや》すらも起こらなかった。年に三百以上の失火もある江戸では珍しいことである。しかも季節は最も火事の多い冬に突入しているのに。

駄目元で尾張藩に注意を促したことが功を奏したのか。そうであって欲しいと願うものの、源吾はまるで嵐の前の静けさのような不穏さを感じていた。

その悪い予感が当たったのは、神無月《かんなづき》（十月）二十七日の巳《み》の刻（午前十時）のこと。このような時も弛《たゆ》まず、教練場で皆に訓練を施《ほどこ》していた源吾の耳朶《じだ》は、微かに何かが爆ぜる音を捉《とら》えた。

「来た」

源吾が喉を鳴らして呟《つぶや》くと、脇にいた新之助がすぐに頭取《とうどり》付きの銅助《どうすけ》に命じる。

「碓氷《うすい》を！」

すぐさま皆が出動の支度に入り、教練場は俄かに慌ただしくなった。

「これは……」

早くも陣太鼓が鳴らされ、それに半鐘《はんしょう》も続いている。半鐘には火元からの近さごとに幾つかの鳴らし方があり、それを聞き分けることで凡その位置が判る。もっともこの距離でそれが出来るのは、己を除《のぞ》いて他にいないだろう。今回は尾張藩の屋敷地に絞っているため、場所を予測するのはそう難しくない。音から察するに、場所は一度目、二度目ともに違う。かなり遠くから、半鐘の音が波のように伝播《でんぱ》してくる。

「下屋敷だ」

「え……最も有り得なさそうだと言っていたんじゃあ……」

相手の狙いが旧宗春派の「要人《ようじん》」である以上、より家格の高い者が屋敷を連《つら》ねる上屋敷が狙われやすい。次に中堅でも江戸表を実質的に仕切っている者の多い中屋敷が。下屋敷にも武士の屋敷が無いわけではないが、家格が低く、足軽のような末端の家臣が多いのだ。それ故、標的になりにくいと予想していた。

「何が起こるか判らねえ。それに向き合うのが俺たちの役目だ」

源吾はそう言いながら、早くも曳《ひ》かれてきた碓氷に跨《また》がった。艶《つや》やかな毛並みが陽を受けて青光りしている。侍火消が用いる馬の中でも、一、二を争う悍馬《かんば》の碓氷だが、今日は一段と調子が良さそうだった。

「頼むぞ」

源吾が鬣《たてがみ》を撫ぜると、碓氷は軽く嘶《いなな》いて鼻を振った。

「行けますぜ！」

皆の支度が整うのを見計らい、武蔵が声を上げる。

「よし。行くぞ！」

教練場の門が開かれると同時、新庄藩火消百十人は颯爽《さっそう》と飛び出した。

この麻布《あざぶ》近隣の者は火事が起こったことにもまだ気付いていない。己たちの姿を見ても、何処か遠くの火事だと判っているようで呑気《のんき》に歓声をあげていた。

道場稽古の帰りだろうか。竹刀《しない》を担《かつ》いだ数人の武家の子どもたちが、己たちに声援を飛ばしながら追いかけて来た。武家の子どもといえども火消に憧れる子どもは多いのだ。

源吾はちらりと振り返った。子どもたちの目は憧憬《どうけい》の色に満ち輝いている。十数年前の己もまたこのような眼差《まなざ》しを向けていた。

その相手に今一度会いに行く。己が憧れた火消の甚兵衛、江戸を震撼《しんかん》させた火付けの甚兵衛、そのどちらであろうとも揺るがない覚悟は決めた。

「急げ！」

手を振って鼓舞《こぶ》すると、配下は応《おう》と勇ましく答えてさらに速く脚を回す。子どもたちから感嘆《かんたん》の声が上がる中、源吾は再び前を向いて手綱《たづな》に力を込めた。

目指すは戸山《とやま》にある尾張藩下屋敷である。

四

尾張藩下屋敷はその地名をとって、別名「戸山屋敷」とも言われる。先日、複数の屋敷が爆《は》ぜた尾張藩中屋敷の敷地が一万七千坪でまるで町のようであるが、こちらは規模がまるで違う。その敷地は何と十三万六千余坪という広大さを誇る。

御殿や武家屋敷の他、夥《おびただ》しい長屋が建っているが、敷地の八割を占めるのが「庭園」である。一口に庭園といっても、御三家筆頭の家のものとあってその規模も尋常ではない。東海道《とうかいどう》の小田原宿《おだわらしゆく》を模《も》した、宿場町そのものが造られているのだ。

再現された〝宿場町〟には本陣《ほんじん》まであった。他にも旅籠《はたご》、米屋、酒屋、薬屋、植木屋、鍛冶屋《かじや》など、三十七もの商家が立ち並んで実際に商いを行っている。その街道の長さは実に百十三間（約二〇〇メートル）にも及ぶそうである。

現実の宿場町で自由に遊ぶことが出来ない藩主が、風流を楽しみ、宿場の雰囲気を謳歌《おうか》する、そのために造られたというから驚くべきことであった。

「だから通常の下屋敷なんて考えるな。宿場町丸ごとが現場だと思え」

源吾は馬上から尾張藩下屋敷の概要を語ると、配下の者たちが喉を鳴らすのが判った。尾張藩下屋敷の庭園には雑木林などもあり、一度火が広がれば山火事の様相《ようそう》を呈《てい》することにもなる。

「急いだほうが良さそうですね」

現場の厄介《やっかい》さを改めて認識したようで、新之助も気合いを入れて手綱を絞った。新庄藩上屋敷から戸山まではそれなりに離れている。全力で駆ける中、また破裂音が響いた。

「また！」

新之助が顔を持ち上げた。まだ火柱こそ見えていないものの、天に昇る煙が激しく流動したことで爆発があったことが判った。

「此度も複数仕込んでいるようです」

いつも沈着な星十郎でさえ、声が少し上擦《うわず》る。

「もうすぐだ。初動組が抑えてくれる。着いたらすぐに掛かるぞ」

「下屋敷の受け持ちは……」

「与市だ」

勘九郎らとの打ち合わせで、上、中、下屋敷にそれぞれ受け持ちを決めていた。下屋敷は最も狙われにくいと予想していたため、い組、よ組に比べて実力が劣《おと》るという訳ではないが、その人員が圧倒的に少ない仁正寺藩火消が担《にな》っている。

半分を自らの管轄に残すとなると、下屋敷近隣で警戒に当たっている仁正寺藩火消の数は、

「五十余りというところですね」

すぐ後ろで馬を走らせる新之助が言った。

「ああ、だが奴なら耐える」

源吾は前を見据えながら言い切った。

火元に近づけば近づくほど、逃げ出そうとする人波が多くなる。それを時に搔《か》き分け、時に縫《ぬ》いながら進むと、濛々《もうもう》と噴きあげる煙の下に、赤と橙《だいだい》の入り混じる焰《ほのお》も見ることが出来るようになった。

「あれは――」

路は曲がりくねっており、火元に真っすぐ進めない。炎を見る角度が変わった時、新之助は吃驚《きっきょう》の声を上げた。

「一軒や二軒じゃない。燃え移っています！」

己が音を聞き漏らすことはなく、爆ぜたのは二軒で間違いない。風を受けて炎が広がっているのだ。ただその広がり方が細く長い。天から見れば赤い線を引いたように見えるだろう。だが、源吾らからは焰の壁が出現したように見る。それ

は不気味に波打っており、人々の恐怖を激しく煽っている。

下屋敷の敷地内に入ると、噂に違わぬ美麗な庭園が目に飛び込んできた。まるで町そのものを箱庭に押し込めたようである。約二町と言われる大通りには、武士やその家族だけでなく、宿場を模された町で商う町人など、多くの人々が逃げ惑っている。

「道を空けろ！　まだすぐに炎が来るということはねえ。落ち着け！」

混乱すればするほど余計に避難に時を要する。最悪の場合、将棋倒しになり、倒れた人が圧死するようなことが起こりかねないのだ。

「与市！」

火元に半町まで近づいたところで、地を睨んで数人と額《ひたい》を寄せ合っている与市が見えた。

「松永の旦那！」

こちらに気付いて手を上げる。他にも近隣の火消が駆け付けている。すでに消し口の割り当ては済んで各々《おのおの》動いているようで、風向きなどを鑑《かんが》み、今後の対策を協議しているのだと判った。

源吾は碓氷から飛び降りると、新之助と共にその輪の中に加わった。

「一花《いっか》さん」

「うむ」

新之助は気付いて名を呼んだ。加賀鳶《かがとび》三番組頭の一花甚右衛門《じんえもん》。新之助と同様、府下十傑に名を連ね、宝蔵院流槍術《ほうぞういんりゅうそうじゅつ》の達人としても名高い。火事場でも槍ほども長い鳶口《とびぐち》を振るい、細い梁《はり》ならば次々に叩き落とすことから「椿《つばき》」甚右衛門の異名で呼ばれ、西の前頭《まえがしら》四枚目に番付入りしている。

「小源太《こげんた》もか」

「お久しぶりです」

源吾が言うと、引き攣《つ》った笑みを浮かべて会釈を返したのは、同じく加賀鳶五番組頭の小源太である。過日の現場で一緒になった仙助《せんすけ》が加賀鳶一の団扇《うちわ》番なら、小源太は随一の纏《まとい》番である。今では齢《よわい》二十四を数えるものの、童顔であるため、まだあどけなさすら感じる相貌《そうぼう》をしている。穏やかな性格とは裏腹に、小源太の肝の据わり方は尋常ではない。燃え盛る屋根にぎりぎりまで踏み止まり、炎を飛び越える様から「火雀《ひすずめ》」の二つ名を持っている。こちらも西の前頭十一枚目と番付火消だった。

「ここからは」

与市が手でこちらを指し示す。この場の指揮を譲ろうというのだ。

柊与市。齢二十六。仁正寺藩火消頭にして、伝説にも名を残した柊古仙《こせん》の孫。水桶の水を一滴も零さず、それでいて並の者より遥かに遠くへ投げる肩を持つことから、「凪海《なぎうみ》」の名を轟かせる。火消番付は昨年に秋仁を抜き、東の前頭三枚目。間違いなく次世代の筆頭となる火消である。

「大将はお前だ」

源吾は噛み締めるように言った。今しがた着いた己より、与市のほうが状況を解っている。さらに甚兵衛が姿を見せた時に己がしようとしていることを考えても、与市が相応《ふさわ》しく、その実力はすでに十分にあると思っている。

「では、やりますぜ」

余計な謙遜《けんそん》などせず、与市は凛然《りんぜん》と言い切ると、皆の顔を見渡しながら話し始めた。

「旦那たちも来たので改めて言いますが、火元はやはり武家屋敷です」

「結局かよ」

源吾は舌打ちをした。尾張藩には注意を促したものの、無視されたか、あるいは全体に徹底されなかったらしい。

「一軒目の火元で一人、次の爆発で二人死んでいます。他に今、逃げ遅れた者はいません。屋敷の主は小野坂伴内《おのさかばんない》と謂《い》う者。柳生新陰流《やぎゅうしんかげりゅう》の遣い手で、下士たちの剣術指南役です。二軒目はその道場」

与市は火伏に当たりながら、卒なく情報も集めていた。

「その小野坂ってのがやはり？」

「それが無事なんです」

朗報《ろうほう》のはずなのに、与市の顔が歪んだことを奇異《きい》に思った。与市は苦々しげに続ける。

「今回も小野坂の居室が爆ぜたんですが、死んだのは中間《ちゅうげん》とのこと」

来客の予定があり、居室に火鉢を置いて暖めておくように指示したらしい。

「で、その小野坂は？」

与市は顎《あご》をしゃくった。火消たちとは別に、木刀を持った武士たちが現場を駆け巡っていることに気が付いた。その者たちに指示を与えている中年の男がいる。どうやらあれが小野坂伴内のようだ。

「小野坂は自身が狙われ、中間が代わりに命を落としたこと、さらに道場まで爆《ど》ぜて弟子の二人が巻き込まれて死んだことで激昂《げっこう》しています。こちらが再三退くように促しても無視し、伊神甚兵衛が現れたらこの場で打ち殺すと息巻いてやがる」

「そりゃあ……」

「ええ、ちいとまずいでしょう？」

甚兵衛が現れた後の段取りは与市にも伝えている。小野坂がその妨《さまた》げになることは明らかだった。

「ともかく、今は火を止めることを考えろ。何であんな風に燃えているんだ」

源吾が話を引き戻すと、与市が地に描いた簡素な地図を指し示しながら話した。

「小野坂の屋敷が爆ぜた後、舞い上がった火の粉ですぐ近くの道場も。道場は足軽長屋のすぐ横です。そこに移ってあっという間に……」

与市は指ですうと地をなぞった。長屋は薄い壁で仕切られているだけで、実態は同じ建物のようなものである。建物が分かれていても猫がやっと通れるほどの隙間しかない。半町ほども続いているそれが、一直線に燃え上がって炎の壁のようになっているのだ。

「現在、端をうちと加賀鳶で止め、次の長屋に移るのを防いでいます。しかし未だ激しく燃えている火元、道場は手つかず。このままだと火の粉で、他の長屋、商家からも火が出ちまう。それをどうするか話し合っていたところです」

与市は淀《よど》みなくここまでの説明を終えた。

「どうする」

源吾が問うと、与市はすぐに方策を話し始めた。

「藩ごとではなく、役割ごとで動こうと思います。壊し手は長屋の端の周囲を取り壊し、これ以上の火移りを防いで頂きたい」

「承知した」

甚右衛門は力強く頷く。新庄藩からは寅次郎、そこに仁正寺藩の壊し手も加わって延焼を防ぐ。

「次に小源太、彦弥の纏番二人は東西に分かれ、火の端を遠目からでも判るように示して欲しい」

「彦弥さんなら問題ないでしょう」

小源太はにこりと笑う。実力は申し分ないのだが、とにかく謙虚で控えめな男だった。後進である彦弥が江戸三大纏師に数えられていても、悔しがるどころか、心から頼もしく思っているのが伝わってくる。

「例の男にも上から注意を。現れたらすぐに報《しら》せてくれ」

「解りました」

「最後に全水番で……火元、道場を叩いて時を稼《かせ》ぎます」

与市は地に大きく描いた丸を指でなぞりながら言った。

「武蔵だな」

「助かります……」

与市は軽く頭を下げると、勇壮な面構えを向けて続けた。

「心置きなく火元に行けます」

与市自らが水番の先頭に立つつもりだろう。長屋が全て燃えて焔の壁のようになっているのだ。その壁の脇を抜けて最も深い火元に入る。風向きが変われば退路を断たれてしまう最も危険な役目であった。

「俺は？」

「時が来たら動かなくちゃならねえでしょう。旦那はそれまで、ここで応援を捌《さば》いて下さい」

「解った」

「どうですか……？」

と答えた。

「完璧だ」

　指揮が間違っていないか。やや不安げに確かめる与市に対し、源吾ははっきり

　無暗《むやみ》に炎に当たっても一向に消えないどころか、火消も含め却《かえ》って多くの命が霧散《むさん》する。段取り八分は火消にこそ当て嵌《は》まるのではないか。

　だが、それを火消以外の者は知らない。時折、逃げ惑う人々から、悠長《ゆうちょう》に何を話し合っているのだと罵声《ばせい》が飛んでいる。強烈な恐怖や不安は人を獣《けもの》に近づける。与市はそれを一瞥《いちべつ》して苦笑した。

「勝手なもんですね」

「ああ、だが……」

「ええ、それでも守るのが火消です。各々方、よろしく頼みます」

　与市の一言で一斉に動き出し、次々に指示が飛び交うと、新たな態勢を築いて即座に炎に立ち向かった。武蔵は配下の水番に頭から水を被るように指示を出すと、竜吐水《りゅうどすい》を持たせて火焔の壁沿いに走り始めた。

「流石、俺より番付が上の火消。頼りになりますねえ」

　与市は手桶を出来るだけ多く用意させつつ言った。

「足りねえならうちのも使え」

与市の正確無比の遠投で、火勢の強い箇所を目掛け、手桶ごと投げ込むつもりである。

「ええ、ぶち込んでやりますよ」

与市は不敵な笑みを残して駆けていった。

「梁を片っ端から落とす故、寅次郎、柱を頼む」

「畏《かしこ》まりました」

甚右衛門の要請に、寅次郎は即答する。これまでも同じ火事場に立ったことがあり、互いの実力、何が得意かということを熟知している。

「小源太さん、西で本当にいいですかい？」

纏を任された二人はすでに屋根に上っており、彦弥が小源太に向けて尋ねていた。長屋は東西に延びており、今の位置から見れば最も奥、西端こそ火元の近くで危険なのである。

「ここは先達《せんだつ》を立てて下さい」

「解りました。お任せしやす」

「ええ」

　小源太は言い残すと、屋根から屋根へと飛び移っていった。これで今出来る最高の布陣が完成したと言える。その間も少しずつではあるが、応援の火消たちが駆け付け、源吾は新之助と共にその配分に奔走《ほんそう》した。

「星十郎、どうだ？」

「風向きは西から東から、やや南に振れてきます。先に屋敷の床下を――」

「駄目だ。外から崩す」

「確かに。そのほうが無難ですね」

　風下の屋敷に同じく瓦斯の絡繰りが仕掛けられていれば、また引火する可能性がある。その床下を確かめれば手早く未然に防げるかもしれないが、その最中に爆発すれば鳶が巻き込まれてしまう。時は掛かるが、外から崩して瓦斯を霧散させるほうがより安全だった。甚右衛門、寅次郎にそのことを伝え、風下の屋敷、長屋を重点的に崩させた。

「御頭、何か来ますよ」

　新之助が苦く頰を歪めながら指で指し示した先、例の小野坂某《なにがし》という剣術指南役と、その弟子らしき者たちがこちらに近づいてきている。

「放っておけ」

「いや、放っておいても来るものは来るでしょう」

新之助がそう言った直後、厳めしく低い声が飛んできた。

「この場を取り仕切る火消頭とお見受けする」

「いや、俺じゃねえ。ここは仁正寺藩火消頭、柊与市が取り仕切っている」

源吾は答えるが、その間にも寅次郎ら壊し手を鼓舞し、屋根の上の彦弥に変わったことはないかと呼び掛ける。

「その柊殿にはお伝えしたが、今は忙しいと撥ね退けられた。故に貴殿に話す訳だ」

小野坂の声は先ほどよりもさらに低く、怒気が滲み出ていた。

「忙しいのは今もそうさ。用件があるなら言いな」

源吾はそこでようやく小野坂を見た。角張った顎、これでもかと突き出た頬骨、眉の辺りの古傷、いかにも武芸者という相貌である。

「下手人は元当家の伊神甚兵衛とか」

「まだ解らねえ。あんた面識が？」

「拙者は無いが、門弟の中には見知った者はいる」

「そうか……おい、新之助」

突風で倒れた長屋の炎を、加賀鳶の一人が髪を焦がすほどの距離で受けている

のが目に飛び込んだのだ。

「あ、はい！　　長屋との距離を保って下さい！　背後に気を配って！」

与市は崩す屋敷に自ら踏み込んでおり、後方支援に当たっている者の指揮を執と

れていない。その辺りも己たちが目配りしなければならない。

「見ての通り、あんたらに構っている余裕はねえんだ。用件を早く言え」

源吾が言うと、小野坂は唸り声を上げた。

「伊神甚兵衛が前の火事場に現れたと聞いた。此度も姿を見せたら当方が捕まえ

る故、手出しは無用である」

「いや、逃げろよ。何が無用である、だ」

源吾は鼻を鳴らした。

「だから伊神甚兵衛が――」

「それは火付盗賊 改 方の役目さ」
　　　　　　ひつけとうぞくあらためかた

「尾張のことは尾張で始末する。それに拙者の弟子がやられたのだ。黙って指を

咥えていろと？」
くわ

息荒く、歯を剝き出しにする小野坂に対し、源吾は目を細めて言い放った。

「悪いが今は、咥えながら逃げてくれ」

「貴様っ——」

「これが見えねえのか！　あんたらは剣を取ればさぞかし強いんだろうが、ここに剣の通じる敵はいねえんだ！」

小野坂の気勢を制するように、源吾は激しく捲《まく》したてた。

「穏便《おんびん》にしようと思っていたが話にならぬ。当方は好きにさせて頂く」

「焼けても助けねえぞ」

源吾の一言に、弟子たちの数人はたじろいだようだが、小野坂は舌を鳴らして踵《きびす》を返した。その背を見ながら新之助が小声で囁く。

「まずいですね。引き下がりそうにない」

「ああ、やれるか？」

「私が話しても同じ気がしますけど」

「違う」

源吾は肩に担いでいた指揮棒を、宙に向けてびゅんと振った。

「あ……そういうことですか」

「どうなんだ」

「問題無いかと。ただ数が多いんで、御頭の足次第です」

「自信はねえな」

源吾は零すように言うと、再び消火の指示に戻った。組の垣根を超えた壊し手たちは次々に屋敷を潰している。東側は順調であるが、火元付近は苦戦しているらしく、まだ火勢は弱まりそうにない。

「行きますか」

「いや、与市を信じる」

風向きは依然、西から東。こちらも決して予断《よだん》を許す状況ではない。下手に態勢を弄《いじ》れば混乱を来《きた》すことになり得る。

その時である。西側から大きな声が上がった。また何処かが爆ぜたのかとも思ったが、そのような音はしていない。しかも声は悲鳴ではない。かといって鼓舞に応じる喊声《かんせい》でもなかった。どよめきに似たこの声は、つい先日聞いたものに酷《こく》似《じ》している。

「本当に来やがった……」

源吾は燃え続ける長屋の先を凝視した。視界を塞ぐ煙の中、炎の壁沿いに屋根の上を疾駆《しっく》する人影が見えた。

「彦弥！　押さえろ！」

「御頭、何をです⁉」

彦弥は耳に手を添えつつ、屋根から身を乗り出して訊き返した。

「後ろだ！」

「げっ――」

振り返った彦弥が身を強張《こわば》らせた。煙を突っ切ってこちらに向かって走って来る男。陽炎《かげろう》がその姿を歪ませる。逆巻く熱風に羽織が音を立てて舞い上がっている。

伊神甚兵衛である。

彦弥は咄嗟《とっさ》に纏で足を払おうとするが、甚兵衛は高々と舞い上がって飛び越えると、そのまま一気にこちらに走ってきた。

「伊神様！」

「源吾……」

〝東海道〟を挟んでいるため、飛び移る屋根がなく東側には逃げられない。甚兵衛は南側に進路を切ろうとした時、小野坂が木刀を掲《かか》げて荒々しく叫んだ。

「取り押さえろ！」

小野坂も時を同じくして甚兵衛に気付いていたのだろう。すでに北側の屋根に門弟たちを上らせている。彦弥が纏を引き付けてじりじりと背後から迫ることで、甚兵衛は逃げ道を失ったと察したらしい。

「松永様！」

小源太も煙の向こうから姿を見せ、甚兵衛を指差しながらさらに続けた。

「火元の屋敷から人を担いで出てきました！　また女です！」

「やはり……」

源吾は唇を巻き込んだ。己の信じたことがまた確信に近づいた。

「まだ火元に女がいたって話だが、どうなんだ⁉」

指揮する小野坂に向け、源吾は大音声《だいおんじよう》で尋ねた。逃げ遅れた者がいないか与市が聞き取らないはずはない。中間が死んだこともその時に聞いたはずなのだ。

「誰だ……お末《すえ》か？　それともお繁《しげ》か？」

小野坂は誰だか判っていない。つまり点呼すら取らず、当てずっぽうで、

——逃げ遅れた者はいない。

と、報告したことになる。

小野坂が激昂しているのは奉公人の命を奪われたからではない。面目《めんぼく》が潰され

たこと、己のために怒っているのだ。

「てめえ!! 今からでもすぐに数えろ!」

源吾は頭に衝《つ》き上がる怒りをそのまま口から吐き出した。だが小野坂は甚兵衛を捕まえることとしか頭にないようで、一瞥してなおも門弟をけしかける。その間に門弟の数人が屋根に上っている。木刀を構える者、中には腰の刀に手を添える者もおり、じりじりと甚兵衛に近づいていく。

一方の甚兵衛は腰に両刀も差していない。ただ一本、指揮用に用いる短い鳶口が捻《ね》じ込まれているのみである。

「伊神様……」

前回は頭に血が上っていて気付かなかった。捕り方から逃げることを考えれば刀は必要である。やはり今の甚兵衛は凶賊ではない。

かと言って尾張藩火消頭の甚兵衛でもない。あの頃の甚兵衛は当人が望まずとも、頭としての権威を保つために両刀は手挟《たばさ》んでいた。

つまり今の甚兵衛は己すら知らぬ大昔の姿。自らが駆け、自らが飛び、自らが救う、一火消としての伊神甚兵衛。悲愴《ひそう》にもたった一人で何かに抗おうとしている。

「伊神様！　こっちへ！」

源吾が招くように手を大きく振った。

「何……」

甚兵衛は意味が解らず、訝しげにこちらを見下ろす。

「闇に堕《お》ち、死んだと思ってからも……御頭はずっとあんたの背を追ってきたんだ。信じらんねえってんなら、俺が蹴り落としてやるよ」

纏を旋回させて肩に担ぎ、彦弥がにやっと笑った。その後ろで小源太も頷く。

「いい纏師を見つけたようだな」

「え？」

「こちらの話だ」

甚兵衛は火傷《やけど》の痕が残る頰を微かに緩めた。小野坂が何か叫び、門弟が一気に間を詰めようとする。

「伊神様！　俺を……俺たちを信じろ！」

源吾が懸命に訴えた直後、大きな影が宙に舞い上がる。それは大空を翔《か》ける鳳《おおとり》の如く見えた。

（生意気を……）

皆の視線が注がれる中、源吾の耳朶は微かな囁きを確かに捉えた。

「生意気で悪かったな」

「相変わらずの地獄耳め」

源吾が言うと、地に片膝を突いた甚兵衛はくいと口角《こうかく》を上げた。

「お主ら！　伊神を捕まえろ！」

小野坂がこちらに向けて叫んだ。事情を知らぬ他家の火消などは、あっと動き出そうとするが、新庄藩、加賀藩の鳶たちがこちらに任せろと制止する。

「で、信じたもののどうするつもりだ」

混乱を極める現場の中、甚兵衛は落ち着いて立ち上がる。

「逃げるのさ。付いてきてくれ」

己が信頼する男たちに告げたのは、

——伊神様と逃げる。

という策とも言えぬ策であった。

甚兵衛を捕まえて話を聞こうにも、すぐに火盗改《かとうあらため》が来て身柄を奪っていくだろう。それでは真相が解ったとしても手を打てない。

ならば先に己が甚兵衛と共に逃げて話を聞く。その後に話の全てを皆に伝えて事後のことを練る。これ以外に残された方法は無かった。

「お前もお尋ね者になるぞ」

甚兵衛は吃驚して眉を上げる。右眉に火傷の痕があるせいで薄くなっている。

「そんなことは解っている」

こうすると決めた時から覚悟している。新之助が火付けの下手人と疑われ、橘《たちばな》屋《や》の娘たちと町中を逃げ回ったのと同じく。

――私だけでも前代未聞なのに、頭取もとなると空前絶後でしょうね。

と、新之助は言った。

新之助の場合、真実さえもこちらに伝わって来なかった。皆が本当のことを知っている今、仲間を信じて時が来るまで逃げ遂《おお》せるつもりである。

「だがどう切り抜ける」

「まあね……」

甚兵衛を目の前にしているからか、どうも子どもっぽい返事になってしまった。小野坂たちの存在は想定外であった。甚兵衛が出現したことを聞きつけ、方々を捜していた門弟たちも集まってきている。左右から挟まれているため、彼らを突破せねば逃げ道はない。その数は軽く三十を超えていた。

「おい、手の空いている者で御頭を助けるぞ」

寅次郎と共に新庄藩の壊し手のうち、十数人が鳶口を持ってぞろぞろと集まる。一触即発の睨み合いの中、衆の中からひょいと足を踏み出したのは、薄汚れた火消羽織に身を包んだ痩身の男である。

五

「一度だけ言います。怪我《けが》をしたくなければ道を空けて下さい」

「誰だ」

「新庄藩火消組頭取並の鳥越です」

「小僧……まさか余程《よほど》腕に自信があるとでも?」

小野坂が言うと、門弟たちから嘲笑《ちょうしょう》の声が上がる。

「ありますよ。多分、あなたたちよりは」

「ふざけおって!」

少々痛めつければこちらが折れると思ったのか。門弟の一人が木刀を振りかぶった。次の瞬間、乾いた音が響き渡る。さっと間を詰めた新之助が門弟の腕を捻り上げ、木刀が地に落ちた。

「短気過ぎやしませんか？」

新之助は呆《あき》れたように言ってさらに手を捻る。門弟は苦悶《くもん》の声を上げて両膝を折った。

「こいつ確か……府下十傑の鳥越新之助！」

門弟の一人が愕然《がくぜん》として叫ぶと、衆はどよめきに包まれた。

「道を空けて下さい。あ……恰好付けたのに、二度言っちゃったじゃあないですか」

新之助がいつもと変わらぬ調子で言った。

「怯《ひる》むな。幾ら府下十傑といえども、一人でこの数を相手に出来るか！　叩き潰してでもこちらに引き渡してもらうぞ！」

小野坂が木刀を掲げて声を荒らげた。一転、新之助の表情が変わる。

「やってみろよ」

ひやりとするほど冷たい口調で言い放たれ、小野坂は顔を紅潮《こうちょう》させて吼《ほ》えた。

「やれ‼」

いずれも腕に覚えのある者たちなのだ。小野坂が命《めい》を下すと、門弟たちの動揺が鎮《しず》まり一斉に襲い掛かって来た。

「御頭に手を出させるな！」

寅次郎の号令と共に壊し手も喊声を上げて突っ込む。

「御頭！」

新之助は腕を捻り上げていた門弟を蹴り飛ばすと、後ろに向けて鋭《するど》く叫《さけ》んだ。

入り乱れる両陣営の中を、新之助の先導で突っ切る。

「逃がすな！」

門弟二人が前を遮る。ほぼ同時に振り下ろされた二本の木刀が、しかし次には宙を舞っていた。手を抱えるようにして門弟たちは悶絶している。新之助が鞘《さや》ぐるみの刀で、二人の小手を強《したた》かに打ったのだ。

「おお……」

立ち止まろうと足を緩めていた源吾は、感嘆の声を上げた。

「感心してないで、しっかり付いてきて下さいよ」

新之助は走りながら、襲い掛かる門弟どもを次々に叩き伏せていく。間もなく抜けられるという時、小野坂がさっと前に立ちはだかる。他に五人。最後の最後で押さえるつもりで待ち構えていたらしい。

「伊神を渡せ！」

「離れて！」

新之助の声に余裕は感じられなかった。新之助はさらに足を回して一足先に突っ込む。一人の突きをいなして、脇腹に痛烈な一撃を見舞い、詰めて来た二人目の顎に掌底《しょうてい》を打ち放つ。三人目の唐竹《からたけ》割りは躱《かわ》しきれずに刀で受けた。流石に打たれ強かったか、あるいは打ち込みが浅かったか、その時には一人目が涎《よだれ》を垂らしながら腰にしがみ付き、新之助の顔が歪んだ。

「新之助！」

源吾は体当たりで救おうと、甚兵衛も鳶口を抜いて向かおうとする。だが、無傷の門弟二人が新之助に襲い掛かるほうが早かった。

その時、源吾の視界に黒い影が飛び込んで来た。それは颯《はやて》の如く速いだけでなく、同時に唸りを上げていた。

「ぐわっ――」

一人の頭が弾《はじ》かれて仰向けに倒れ、残る一人は矢衾《やぶすま》で射られたように躰を揺らしながらふらつく。

「助太刀《すけだち》致す」

「一花様！」

甚右衛門である その手には長鳶口が握られている 一人目の頭を柄で突き弾き、二人目の躰を小刻みに数度突いたのだ。

突破されそうになったことで、門弟がまた集まって来る。

甚右衛門は長鳶口を旋回させて小脇に構えた。その凄まじい唸りに、門弟たちがまた怯むのが解った。

「一花甚右衛門……府下十傑が二人……」

「よろしいのですか」

新之助は腰に縋《すが》る男を柄で叩き落とした。

「火事場を荒らす不逞な者を除く。ただそれだけよ」

「ええい、行け、行け!!」

さらに集まった門弟を小野坂はけしかけた。

「松永！　走れ！」

「恩に着る！」

甚右衛門が向かってくる門弟たちを薙《な》ぎ倒し、新之助を先頭に再び走り始める。小野坂は手に唾を吐き掛け、腰の刀を握った。

「おい、抜くつもり――」

源吾が言いかけた瞬間、小野坂の抜刀に合わせ、新之助は逆手で脇差を抜き打った。二筋の白線が交差し、甲高《かんだか》い金属音が宙で爆ぜる。

「二刀だと――」

微かに声を発した小野坂の顔がぐにゃりと歪んだ。鞘に収まったままの新之助の大刀が、薙ぐようにして頰を捉えたのだ。横に吹っ飛ぶ小野坂を尻目に、新之助は身を翻《ひるがえ》して足を止めた。

「御頭、あとは任せて」

「ああ、頼む」

すれ違い様に短い言葉が交わされる。十歩ほど進んだところで振り返ると、小野坂が怒鳴り散らしながら立ち上がっているところであった。後を追わせぬように立ちはだかる新之助の背は、いつになく大きく見えた。

「確か名は鳥越と言ったな。あの者の父は……」

「蔵之介《くらのすけ》殿です。ご存じですか？」

「歳を取るはずだ」

甚兵衛は人波を縫うように走りながら続けた。

「優れた剣客《けんかく》なのだな」

「いいえ」

「ん……？」

甚兵衛は訝しそうに首を捻った。

「あいつは優れた火消です。剣はおまけみたいなもんですよ」

「そうか」

源吾が前を見据えたまま言い切ると、甚兵衛も向き治った。火傷の痕のある頬が微かに笑んでいたのは気のせいか。

「行きましょう」

「ああ」

火事場を放棄して脱出するなど、初めてのことだった。昔の己ならば絶対に出来なかっただろう。たった一人の鳶に戻ることが出来るのは、一人ではないと思えるからこそだった。源吾はもう振り返ることなく、悲鳴と怒号《どごう》が渦巻《うずま》く雑踏《ざっとう》を駆け抜けた。

六

風向き、延焼具合、そして火消の数を考えれば、余程のことがない限り、与市たちはあと二刻（約四時間）もせずに火事を必ず消し止めるだろう。そしてその後、己が伊神甚兵衛を連れて消えたことは必ずや露見する。

源吾の腹案では、甚兵衛に恨みを持つ何者かが私刑を加えようとしたが、お上の裁きを受けさせねばならないと、ひとまず連れて遁走《とんそう》したという筋で行くつもりだった。尾張藩の小野坂たちが襲ってきたので、結果的に筋書きとほとんど同じになったことになる。

どちらにせよ、これで火事場見廻《かじばみまわり》から伝わり、火付盗賊改方、奉行所までも己たちを捜すことになる。特に火盗改の探索力は尋常ではなく、己に縁のある者、場所はあっという間に洗い出されてしまう。これまであまり交流がなく、それでいて匿《かくま》ってくれる場所を事前に見つけておかねばならなかった。

「どこへ向かう」

喧噪《けんそう》を抜けると、走るほうがむしろ目立つ。編笠《あみがさ》を目深《まぶか》にかぶり、横を歩く甚兵衛が尋ねた。

「御殿山《ごてんやま》です。そこに匿ってくれる寺があります」

決して大きくなく、裕福《ゆうふく》でもない末寺である。先代の和尚《おしよう》は珍しいほど温厚篤《とく》実《じつ》な人で、孤児を引き取って育てていた。和尚が病で他界した後も、その遺志を引き継ぎ、新たな和尚が子どもたちを引き取り続けている。

源吾は十数年前にも足を運んだことがある。だが他にも縁があったことに気付いたのはつい先日のことであった。配下の者たちと何処か当てはないかと話していた時、

「あっ、いい場所がありますぜ」

と、彦弥が手を打った。

彦弥は幼い頃に母から捨てられ、その寺に拾《ひろ》われて育《はぐく》まれた。新庄藩火消に加わるきっかけとなった事件に纏《まつ》わる、元に組の甚助《じんすけ》とお夏《なつ》は幼馴染で、同じくその寺の出身である。

これまでその寺が何処にあるのか詳しくは聞いたこともなかったが、彦弥の話を聞くに連れ、源吾は以前に訪ねていたことを思い出した。

「そりゃあ、辰一が銭を出している寺じゃあないか」

彦弥の話を聞き終え、源吾は顎に手を添えて首を捻った。

若かりし頃、それこそ甚兵衛の事件を追っていた時の話だった。同期の火消たちの協力を仰《あお》ぐべく、辰一を捜していた。に組から居場所を聞き、向かった場所こそがその寺だったのだ。

その時は入れ違いで会えなかったが、同じく辰一を捜していた秋仁と鉢合わせした。その時に年嵩《としかさ》の人の好《よ》い和尚にも会い、寺で孤児を育んでいること、辰一が毎月決まって布施《ふせ》をしていることも聞いたのだ。その時、源吾、漣次、秋仁の三人で少しでも足しになればと、財布ごと銭を置いてきたのを覚えている。源吾がその寺に行ったのはその一度きりとなっていた。

「確かに……火消が銭を布施して下さっているってのは聞いていました」

彦弥は記憶を手繰《たぐ》るように宙を見て続けた。

「やっちまったな……俺は恩人を足蹴《あしげ》にしたのかよ」

彦弥は額に手を当てて天を見上げた。新庄藩火消が、に組と初めて揉めた時、彦弥は辰一の顔を思い切り蹴り飛ばしているのだ。もっともあの辰一に敵《かな》うはずなどなく、その直後に足を摑まれて屋根の下に放り投げられている。

苦い顔を続ける彦弥に対し、源吾は尋ねた。

「何という名だったか……あの寺に火消の子がいなかったか？」

「ああ、段吉《だんきち》ですね」

「そうだ。あれは尾張藩火消纏番、『白蜻蛉《しろかげろう》』の段五郎《だんごろう》の忘れ形見《がたみ》だ」

「え……そうだったんですか」

尾張藩火消壊滅事件の折、火消の数に対して屍《しかばね》が一つ少なかったことから、

――おっ父《とう》はまだ生きている。

と主張していた。結果的に生き残ったのは甚兵衛だったのだが、段吉は父の死を受け入れられずにいた。だが連続火付けが起こり、それが尾張藩火消の生き残りだと噂されるようになった。

子どものことである。段吉が父は生きていると言っていたことで、

――じゃあ、お前のおっ父が火付けをしているんだな。

などと揶揄《からか》い交じりに悪態をつく者もいたという。それを否定したくとも、そうすると父が死んだことを認めてしまうことになる。その狭間で苦しんでいたところを、辰一はたとえそれが父の死を明らかにすることになろうとも、真相を確かめると約束して励ました。辰一がただの粗暴な男ではないと感じたのは、その話がきっかけだったように思う。

「その後、段吉はどうなったものかな……」

段吉は彦弥より少し年上である。すでに何かしらの職に就いているだろうし、もしかしたら江戸にいないかもしれない。源吾が宙に視線を走らせると、彦弥は意外そうに眉間に皺を寄せた。

「立派になりやしたぜ」

「お前、知っているのか？」

「知っているも何も、今もその寺に。和尚の最期を看取《みと》ったのも段吉ですよ」

「まさか……」

「ええ、あの寺を継いだのは段吉。今は湛観《たんかん》と言って、子どもたちの面倒を見る立派な和尚になっています」

彦弥は微笑しながら言った。彦弥だけでなく、あの寺で育った者たちは、今でも時折顔を見せ、些少《さしょう》でも布施を続けているらしいのだ。

――人の縁とは不思議なものだ。

遠くに見えて来た御堂を見つめながら、源吾は改めて思った。様々な縁が複雑に絡み合い、そして今、かつて段吉の父の上役であった甚兵衛と訪ねることとなったのだ。

予《あらかじ》め彦弥を通じ、湛観には全てのことを告げた上で匿って欲しいと頼んだ。

——まさか生きておられるとは……。

湛観も話を聞くと明らかに戸惑いを見せたが、すぐに顔を引き締めて、

——私も是非、お会いしてお訊きしたいことがございます。

と、承諾してくれたと彦弥から聞いている。この場所に潜伏するとはまさか誰も思わないだろう。見つかるとしても相当な時を稼げるはずである。

もともと無いのか、はたまた昔に朽《く》ちたのか、山門のようなものは無い。敢《あ》えて言えば、抜けて来た雑木林がそれの代わりかもしれない。修繕の手が回らないのだろう。本堂には傷みが目立った。

「もし」

境内《けいだい》を駆け回る子どもたちを見つめる僧に、源吾は声を掛けた。

「松永様……ですかな」

「はい。ということは」

「湛観でございます」

どんな顔だったかすっかり忘れていたが、会って思い出した。頭を剃《そ》り上げ、堂々とした雰囲気を纏っているが、微かに子どもの頃の面影《おもかげ》がある。何より父の

段五郎によく似ている。暇さえあれば尾張藩火消を応援しに行っていたから、源吾は段五郎の顔をよく覚えていた。

甚兵衛は複雑な表情で湛観を見つめていた。

「ささ、こちらへ」

湛観はそう言いながら、御堂の中へと向かった。寝泊まりする宿坊と奥で繋がっており、そのうちの一室へと案内された。

「子どもたちには遠方の寺より客人が来て、暫し滞在されると伝えております」

湛観は用意していた作務衣《さむえ》と手拭《てぬぐ》いを渡した。手拭いは頭に巻けばよいとのこと。別に坊主に化ける必要はないが、髷《まげ》の形から武士だと露見することはこれで防げるだろう。

「なるほど。解りました」

源吾が頷くと、湛観は会釈して部屋から一度出て行った。作務衣に着替えている途中、源吾の手がふいに止まった。衣服を脱いで露《あら》わとなった甚兵衛の躰には、見るも痛ましいほどの火傷の痕が刻まれている。

「伊神様……」

「ああ、生きているのが不思議よな」

甚兵衛はそう言いながら作務衣を手早く身に着けていく。全身の三、四割に火傷を負えばほとんど命は無い。だが甚兵衛の躰の火傷は、丁度半分、五割ほどである。

「火傷云々《うんぬん》の前に、痛みで息が止まる。だが幸か不幸か、俺はあの時に痛みを失っている」

二十一年前の尾張藩壊滅事件の時である。甚兵衛は死に至るほどの火傷を負い、その時から痛みを感じることがなくなった。

星十郎にも訳を訊いたがはきとはしない。皮膚が焼け爛《ただ》れて感じる機能を失ったせいか、あるいは心に起因するかもしれないという。ともかく人体には不思議なことが山ほどあるのだという。

こちらの着替えが済んだのを見計らい、湛観が中に入って良いかと尋ねてきた。

「写経《しやきよう》に籠《こも》られるので、あまり邪魔をせぬようにとも話しております」

食事もこの部屋に運んでくれるという。少しでも子どもたちの目に触れぬようにとの湛観の配慮である。

「暫し、世話になります」

源吾は頭を下げた。一日か二日かもしれないし、一月《ひとつき》になるかもしれない。真の下手人を見つけ、この火付けを止めるまでである。

「そのように畏《かしこ》まらないで下され。お歳も松永様のほうが上。その昔、一度だけですが、お会いした時は洟《はな》垂れ小僧だったでしょう」

「懐かしいですな。まさか彦弥もこちらで育ったとは……」

「甚助が火消になると言った時は、頭ごなしに反対していたのですよ。その彦弥が火消になるとは、思いもよりませんでした」

湛観は微笑みながら続けた。

「松永様に惹《ひ》かれたからでしょう。ここに顔を出した時は、よく御頭が……と話してくれるのです。それがまさか松永様だとは考えも致しませんでした」

「世間は狭いものですな」

「はい。狭いと言えば……此度のことも」

湛観はそこで一度言葉を切り、甚兵衛のほうへと視線を向けた。

「伊神……様ですね。私は……」

口籠る湛観を真っすぐに見据え、甚兵衛は言った。

「話は聞いた。段五郎の息子、段吉だな。大きくなった」

「私を覚えておいでで？」

湛観は小さな驚きを浮かべた。

「何度かこの手で抱きかかえたこともある。忘れたか？」

「覚えておられたのですね……」

湛観がまだ五、六歳の頃の話である。

「父はやはりもう死んでいるのですね」

大学火事が伊神甚兵衛の仕業だとは世間に公にされていない。だが、事件後に辰一がまだ段吉と名乗っていた湛観のもとを訪ね、

――下手人はお前のおっ父じゃあなかった。

と教えてくれたという。その時点で湛観は父の死を覚悟すると当時に、下手人は伊神甚兵衛ではないかと何となく感じていたという。こうして甚兵衛を目の前にし、ようやく完全に父の死を受け入れた様子である。

「すまない……」

甚兵衛は火傷のせいで歪《いびつ》な唇を結び、頭を深々と下げた。

「父の……白蜻蛉の段五郎の最期をお聞かせ願えませんか」

湛観は細く息を吐いて静かに言った。

「分かった」

罠《わな》に嵌《はま》って炎に囲まれ、それでも誰一人諦めなかったこと。中でも段五郎は皆を励まし続けたこと。そして援軍を呼ぶのを託して己を送り出したこと。躊躇《ちゅうちょ》させまいと考えたのか、段五郎は最後の最後まで自信たっぷりに白い歯を覗《のぞ》かせていたこと。甚兵衛は全てを語り、湛観は途中から瞑目《めいもく》して聞いていた。

「父は最後まで勇敢な火消だった……」

「段五郎ほどの纏番はいない。そう断言出来る」

「御頭の口からそれが聞けただけでも、父の供養《くよう》になります。ありがとうございました」

湛観はゆっくりと目を開くと、穏やかな笑みを浮かべた。

「御頭などと呼ばないでくれ。俺は罪を犯した悪人だ」

「しかし、ただの火事場での殉職《じゅんしょく》ではなかった。我ら残された者には仇討《あだう》ちも許されない。それを代わりに……それを思えばどうして恨むことなど出来ましょうや」

湛観の手が微かに震えていた。

「此度のことは……」

「いいえ、私の父は宝暦三年（一七五三年）に勇敢に戦って死んだ。それだけで十分でございます」

湛観は手で制して鷹揚《おうよう》に首を横に振った。先程まで僅《わず》かに覗いていた、あどけなさが、ふっと何処かへと霧散したような気がする。

「ごゆるりと」

湛観は深々と頭を下げて部屋を後にした。尾張藩火消が壊滅した時は、連日市中であれこれ取り沙汰《ざた》されたものである。だが今の世でそれを口にする者は殆どいない。知っている者すら減り、覚えていてもそんなことがあったなという程度かもしれない。

だが、残された者たちにとっては違う。今の今まで本当の終わりは迎えていなかったのだろう。心の片隅にずっと残っていた「段吉」に、そっと別れを告げたように、去り行く湛観の背は凜然として見えた。

七

「このようなものしかご用意出来ませんが……」

湛観は申し訳なさそうに、夕餉《ゆうげ》の膳を運んで来た。麦飯と汁だけの質素《しっそ》な食事である。世話になるのだから銭をと申し出たのだが、全てが片付いた後、お助け願えればと湛観から柔らかく拒まれていた。

「松永様、件の火事は全て消し止められたようです」

湛観は膳を並べながら付け加えた。

「真ですか」

「はい。加賀藩、仁正寺藩、加えて新庄藩の活躍とのこと。詳しくは、また追って知れるでしょう」

湛観は近くで噂を聞いたのみである。詳しく判るというのは、この寺との繋ぎから知れるということだろう。これも事前に手を打っている。己が甚兵衛と共に失踪したとなれば、新庄藩の者は疑われて監視される。そこで松永家出入りの商人に文を渡し、よ組の秋仁のもとへ運んでもらう。さらにそこから、秋仁のごろつき時代の仲間がここまで運んで来てくれるという段取りになっている。

夕餉を摂った後、源吾は湛観が用意してくれた行灯《あんどん》に火を入れた。安価な魚油を用いたものであるため、光は弱々しく、煙や臭いも強い。茫《ぼう》とした灯りの中、二人の間に薄っすらと煙が流れていく。

「ようやく落ち着いて話が出来ます。どうやって林大学頭《はやしだいがくのかみ》屋敷から逃れ、これまで何処に……そして今、一体何が起きているのです」

これまで溜め込んでいたこともあり、源吾は一気に問いを並べたてた。

「一つずつ、順を追って話そう」

甚兵衛ももはや何も隠しだてする様子はない。過去に想いを馳《は》せるように視線を遠くへやり、嚙み締める語調で話し始めた。

「まずあの日、お主が林大学頭屋敷を出た後も、重内殿は諦めずに助けようとしてくれた……」

渦巻く火焔、軋《きし》む柱、凄まじい熱風、地獄さながらの中、重内は黙々《もくもく》と鳶口を振るった。甚兵衛は熱も痛みも感じぬ躰になっていたが、肌が焦げる音まで耳朶に届いたという。そのような中、顔色一つ変えずに助け出そうとする重内の胆《たん》力《りょく》に、甚兵衛は舌を巻くと共に、

――まだ今なら。やはり逃げて下さい。

と、小声で勧《すす》めた。思い切り息を吸い込めば喉が爛れ、声を発するまでに死ぬる。もうそれほどの状況であった。

重内は何も答えなかった。口を真一文字に結び、首を横に振って鳶口を突き立

てた。すでにまともに呼吸が出来る状況ではないと察し、重内は息を止めていたのだろう。

もはや重内は説得には応じないと悟った。それからどれほどの時が経ったのか。煙草《たばこ》を一服、二服吸うほどの時だったはずだが、甚兵衛には永劫《えいごう》にも思えるほど長い時に感じた。痛みを感じずに死ぬとは良いことだろうと思うかもしれない。通常は痛みで悶絶していることが、死への恐怖を結果的に和《やわ》らげているのだと初めて気付いた。

「生まれて初めて、死ぬのが怖いと思った。もはや己は生きているのか、死んでいるのかさえ判らない中、俺は今更《いまさら》ながら神仏に赦《ゆる》しを請うたのだ」

心が震え、半ば機能を失った躰はそれに応えるかのように共に震えた。これも初めてのことであったという。瞑目していつ訪れるか判らぬ死を待っていた甚兵衛の耳に、微かな声が届いた。

――伊神殿……動けるぞ。

足の痛みも消えていたために気付かなかった。重内が遂に柱を鳶口で割っていたのだ。

「睫毛《まつげ》が音を立てて気付いた。濡れていたのだ。それが熱でちりちりと飛んで……俺は泣いていた……まだ涙を流せたのだ」

甚兵衛は火傷でだらりと垂れた右の瞼《まぶた》をなぞり、思い出したのかさらに声が震えていた。

業火の渦巻く中、甚兵衛は自由となった身を起こし、重内に共に逃げようと言った。だが重内は苦痛を抑え込むような顔を横に振ったという。

――もう、無理です。

声が数段低くなっていることに、そこでようやく気付いた。いかな火消といえどもずっと息を止めていられるはずがない。柱の下敷きになって倒れていた甚兵衛に対し、身を起こして鳶口を使っていた重内の喉は、すでに煙に嚙み切られている。

背に熱波を受け続け、茶色い火消羽織もすでに燃え上がるままとなっていた。躰も小刻みに震えている。この状態になった時、決して助からぬことを火消ならば皆が知っている。

「出頭します……そう告げた俺に、重内殿はこう言ったのだ」

――全てを背負って、守るべき者のために生き抜きなされ。

「その一言を最後に、重内殿は……」

胡坐《あぐら》を掻いたような状態で、すでに事切れていたという。

　重内が最後に何を言わんとしていたのか解りかねた。ただ闇雲に「生きろ」と言うような思慮の浅い人ではないし、公儀《こうぎ》に仇なす悪人と知って逃すような人でもない。何か意味があるはずなのだが、眼前の重内はもう何も答えてはくれなかった。

「俺は逃げた」

　罪人として裁かれるのを恐れた訳ではない。とっくに捨てた命である。命を救ってくれただけでなく、火消としての矜持《きょうじ》を取り戻してくれた恩人の言葉に従ったのだ。

「そこからの記憶は曖昧《あいまい》なものよ」

　甚兵衛は燃え盛る林大学頭屋敷から必死に脱出を図った。

　林大学頭屋敷は目が眩《くら》むほどの火焔に包まれていたことに加え、何は焼けても御城だけは守らねばならぬと、火消の防衛線はかなり後ろまで下がっていた。それが功を奏《そう》したらしく、甚兵衛が屋敷から抜け出るところを見る者は皆無《かいむ》であった。

　辛うじて開いていた門を見つけて逃げた。元の火傷の上から、さらに熱傷を受けていたため、負傷した火消と勘違いされ、近くの町医者に担ぎ込まれたところで意識を失ったらしい。

目を覚ました時には三日が過ぎており、ちょうど後に大学火事と呼ばれる大火が収束した時であった。

甚兵衛の予想は当たったった。甚兵衛は今ならばまだ混乱が残っていると見た。幕府の役人という役人が火事の後始末に駆り出されており、下手人の探索に人を割ける状態ではなかったのだろう。己はすでに死んだと思われているに違いなかった。

「……俺は江戸を出ると決めた」

そもそも林鳳谷《ほうこく》を仕留めたとしても、まだ尾張藩火消壊滅に加担した者が一人残されている。それが尾張藩火消頭の中尾将監の父にして、今は隠居した前家老の中尾采女《うねめ》だった。当初、甚兵衛は林大学頭屋敷を炎に包んだ後、返す刀で尾張藩上屋敷を焼き、そのまま国元である尾張にまで走り、

——これが尾張藩火消壊滅の一切合切《いっさいがっさい》でござる。

と、詳らかにした上で腹を切る覚悟であったらしい。

藩の命《めい》で強化され、藩の名声のために奔走し続けた。藩にとっては組織の一部だったかもしれないが、その中には幾つもの人生が詰まっていた。それを最後に

は不手際《ふてぎわ》であったかのように藩の手で葬《ほうむ》られた。彼らの無念を晴らした後は、その汚名を雪《そそ》ぐことが、甚兵衛にとっての最後の使命だと思い極めていた。

そのため江戸を出る手形も用意していた。これをまさか己が生き延びるために使うとは思っていなかったが、火事場でも決して失わぬように羽織の裏地の下に縫い付けていたのだ。

医師宅の衣文掛《えもんか》けに焼け焦げた羽織は掛けられていた。これから手形を取り出し、心の中で詫びて新たな衣服一式を盗み、医師宅を這うように抜け出した。

「俺は北へと向かった」

幕府は下手人が伊神甚兵衛と知っている。すでに死んだと思っていても、何かしら尾張藩を問い詰める使者が発《た》つことも考えられた。そこで全く縁もゆかりもない北へと足を向けたのだ。

「関所もてんやわんやであったが、それでもこの大火傷だ。止められはした」

関所は道中《どうちゆう》奉行の管轄である。道中奉行の配下というのはもともと数が足りず、宿場で採用された役人が取り調べを行っており、政《まつりごと》向きのことには明るくない。甚兵衛は尾張藩の手形を見せた後、

――殿様も火事に巻き込まれ昏倒《こんとう》しております。この先に藩を辞した医者が隠《いん》

棲《せい》しており、拙者《せっしゃ》しか居所を知らぬため怪我を押して呼びに参るところです。
と、口から出まかせを言った。ここで捕まれば最後である。関所の役人たちは咎《とが》めるどころか、忠義なりと称《たた》え、さしたる取り調べもなく江戸を出られたという。

「そのままこの十数年、流れ続けたっていうのかい？」

「いや、当てが全くなかった訳ではない。桐生《きりゅう》に向かったのだ」

上野国《こうずけのくに》の地名である。かつてその昔、甚兵衛が火消として世に出た頃、同期に切磋琢磨《せっさたくま》した侍火消がいた。

「沼田《ぬまた》藩土岐《とき》家の、鼎伊左衛門《かなえいざえもん》と謂《い》う男だ。『水桔梗《みずききょう》』の鼎と呼ばれていたが……」

「鼎殿ですか？」

甚兵衛の同期としては、内記の兄である進藤靭負《ゆきえ》などが著名である。鼎も異名で呼ばれるほどの火消であったならば、変わった苗字ということもあり覚えていそうなものだが、源吾の記憶にはなかった。

「知らぬのも無理はない。お前がまだ幼子の頃、火消となって三年目に鼎は一線から退《ひ》いた」

「ああ、崩れた屋根の下敷きになってな。片足を喪うことになったのだ」

鼎は火消として現場に出た初めの年には番付の末端に名が載り、毎年少しずつ位を上げていた矢先のことであったという。小藩だが由緒《ゆいしょ》正しき土岐家の名を、天下に知らしめようと意気込んでいた。故に、鼎の落ち込みようは凄まじく、自ら命を絶とうとするほどだったらしい。

「何か怪我でも？」

「そのような先達が……」

「幾ら才があろうと、数年の活躍では人の記憶にも残らぬ。火消などそのようなものよ」

火傷で表情が読み取りにくいが、それでも甚兵衛の目が哀《かな》しげであるのは解った。甚兵衛は遠き日を見るようにして続けた。

「俺は自死を思いとどまらせようとした。俺がお主の分も火消として生きる。どうか見届けてくれとな。鼎は縋りついて赤子のように泣きじゃくったさ……」

その後、鼎は家督《かとく》を弟に譲って出家した。親類に僧がいたということで、その寺に入ったのである。

「それが……」

「上州《じょうしゅう》桐生だ」

すでに寺を継いで住職となっていた鼎のもとへ甚兵衛は向かった。そして事の次第を全て伝えると、鼎はまずは寺男としてここにいろと勧めたという。鼎は火事で大怪我を負い、真っ当な暮らしが出来なくなった鳶などを積極的に引き受けていた。故に全身に火傷を負った寺男がいても、近隣では怪しむ者はいなかった。

鼎は現場には立てぬとはいえ、元は第一線で活躍した火消。寺男たちも元は鳶の者が多い。近くの村、山々で火事があった時などは、村の者たちに協力しており、村々から感謝と尊敬を集めていたという。

「なるほど。それならば露見しなかったのも納得がいった」

「俺はそこで初めて心静かな日々を過ごした。それと同時に重内殿の言葉を何度も反芻《はんすう》した」

「親父は何を……」

先程聞かされた壮絶な父の死には驚かなかった。すでにあの日、林大学頭屋敷を出た時に覚悟していたことである。だが最後の言葉の真意は、息子の己でもすぐには判らなかった。

「それが朧気《おぼろげ》に解った気がしたのは、腰を落ち着けて半年ほど経ってからのことだ」

甚兵衛は引き攣った唇を天に突き出すようにして息を吐いた。鼎は引退した火消の支援を行っていることもあり、寺には様々な話が集まってきていた。尾張藩火消壊滅からの三年余り、残された者たちは苦境に喘いでいた。

まず町人身分である鳶は、形式上は年雇いであるため何の保証もない。士分の者は通常ならばその子、子がおらずとも縁者が跡を継ぐことになる。だが火消の定員を大幅に減らそうとした藩は、末期養子は認めぬとか、数年前に軽微《けいび》な罪を犯したなど、様々な理由を付けてその半数近くの家を切り捨てたのである。

そのことで残された家族たちはたちまち食うに困った。幼子を抱えながら必死に働く妻などまだましで、娘を女衒《ぜげん》に売らねばならぬ者、あるいは宿場の飯盛り女に身を落とした者もいたという。

「許せぬ想いはある。だが恨みを晴らしたとて、かの者たちの暮らしは何も変わらぬ。誰も助けてはくれない。たとえ微力だとしても、俺が出来ることはあるのではないか。重内殿はそれを見抜いておられたのだろう」

「親父が……」

父は華々しい活躍こそなかったが、長く火消を務めてきた。鳶が使い捨てのように扱われていること、藩の方針次第で侍火消の家が無用の長物と見做《みな》されること、父はそれを間近で見て知っていたのだ。

「俺は醜《みにく》くとも生きることを決めたのだ」

甚兵衛は半年ほどで何とか一人で歩けるようになると働きはじめた。近隣の村で田畑の手伝いから始まり、眠る間を惜しんでどのような内職でもやった。そして僅かな銭を配下の遺族に身許を秘して届けた。

三年後、とある村で火事があった。これまでは簡素な御輿《みこし》に担がれて鼎が出張っていた。だが鼎はこの時、甚兵衛に向かうように頼んだという。

初めは戸惑った。火消として絶対にやってはならぬ火付けをした己なのだ。だが鼎は甚兵衛の両肩を摑み、

——善人でも悪人でも誰でもいい。火中の者はただ助けてくれと叫んでいるのを忘れたか。

と、訴えた。甚兵衛は弾かれるように村へと走った。そして村人たちの消火の指揮を執り、燃え盛る百姓家から寝たきりの爺《じい》様を救い出したのである。

火事が鎮まり、村人たちが泣いて感謝する輪の中、甚兵衛もまた泣いていた。

――皆はここにいたのか。

炎との戦いの最中、甚兵衛はかつての配下の存在を傍《そば》に感じていた。共に過ごした記憶は、長年培《つちか》った火消の技の中に、一つずつ刻まれていたのである。思い出という単純なものではない。鳶口を振るう時、手桶の水を浴びせる時、人を担ぎ出す時、

――鈍《なま》ってませんな。流石、尾張藩火消の大将だ！

――あそこを叩けば火の野郎は引っ込みますぜ。

――御頭、必ず助け出してやりましょう。

と、確かに皆の声が聞こえたのだ。

火事の後、村人たちは甚兵衛にさらに心を許し、継ぐ者がおらず放ってあった田畑を使ってはどうかと提案してくれた。甚兵衛はありがたくそれを請け、田を耕《たがや》すようになった。己は最低限の暮らしをし、その上でさらに配下の遺族に銭を送るようになった。

「本当に微々《びび》たる銭さ。それでも感謝してくれている者もいると聞いた」

甚兵衛は静かに言った。初めは得体《えたい》の知れぬ銭に困惑した者もいるという。だが、遺族どうしで話題に上り、尾張藩の心ある者が恵んでくれているのではない

かと話し合い、ありがたく使わせてもらおうという結論に落ち着いたという。

「そんな暮らしを送っておられて何故……一橋に」

源吾は膝の上で拳を握りつつ、唸るように言った。狐火もどきの事件で、慶司、要人と戦った初老の男。それが甚兵衛であるともはや確信している。

「一橋は大きな野望を抱いている」

「野望……？」

源吾がそのまま問い返すと、甚兵衛は深く頷いた。

一橋は何か大きな野心を胸に秘めており、そのために力を欲しているという。譜代《ふだい》、外様《とざま》、挙句《あげく》は親藩《しんぱん》の大藩まで、自らが意のままに操れる者を当主として送り込む画策《かくさく》をしているというのだ。

そして尾張藩にも目を付けた。武力を持たない一橋にとって、大藩であるのに、親藩故に監視の緩《ゆる》い尾張藩は喉から手が出るほど欲しかろう。

しかし、先々代の藩主宗春の流れを汲《く》む派閥が、未だに藩を二分するほどの勢力を誇っている。これを何とか除かねば、ことは上手《うま》く進まない。だが、かつて宗春と争った将軍吉宗は、一橋の祖父である。下手に動いて一橋の仕業と露見すれば、抵抗をより強める結果を招いてしまう。尾張藩の綻《ほころ》びはないかと探ってい

たらしい。そんな折、

――旧尾張藩火消の遺族に、何処からか銭が届いている。

という噂を知った。一橋も初めは藩の中で同情する者が、密《ひそ》かに届けさせているのだと思った。ならばそれは、恐らく旧宗春派であろう。何かの糸口になるのではと調べると、銭は江戸の外から送られていた。

「ある日、寺に一人の男が現れた」

――驚いた。まさか生きているとはな。

すでに調べ上げているようで、男はにたりと卑《いや》しい笑みを浮かべたという。その男は一橋の側近で、清武仙太夫《きよたけせんだゆう》と呼ばれている者だと後に知った。

清武は全面的に支援するという条件で、尾張藩への復讐を持ちかけてきた。

「俺が飛びつくと思ったのだろう」

「では……」

「ああ、断った」

憎む気持ちは正直消えてはいない。だが今更復讐をしたとて何になる。己が届ける僅かな銭で、救われている遺族もいるのだ。それを続けることが、残る一生で己が為《な》すべきことだと思い定めていた。

清武は遺族へ十分な銭を届けさせると言った。だが、その銭では意味がないと甚兵衛は再び断った。

「重内殿が教えてくれたことだ」

甚兵衛はそう付け加えた。誰の力も借りず、ましてや復讐の対価では意味がない。自らが償《つぐな》わねばならないことだと、甚兵衛は受け止めていた。

「だが清武は引き下がらなかった」

どうも一橋陣営には火に詳しい者がいたのだが、最近失ったとかで、どうしても甚兵衛の協力が必要らしいのだ。

「秀助……」

「知っているのか」

「明和の大火の下手人とされている真秀。その男の本当の名だ」

「そうか。お前が止めたのか」

甚兵衛は感じるところがあったらしく見事に言い当てた。一橋は相当に秀助を頼りにしていたと見える。未だに秀助の残した手記を探そうとしているのもその表れであろう。秀助の穴を埋めるとなればそう容易《たやす》くはない。かつて「炎聖《えんせい》」とまで呼ばれたほど火に通じている甚兵衛ならばと考えたのだろう。

「俺は力を貸さねばならなくなった」

甚兵衛の言葉から忸怩《じくじ》たるものが滲み出ていた。

「脅されたんだな」

源吾が低く言うと、甚兵衛は頷いた。

再三招いても甚兵衛が承諾しないと見るや、一橋は脅迫へと手を変えた。全てを失った甚兵衛が守りたいものと言えば一つしかない。

「残された者どもをいつでも殺せるぞ……とな」

甚兵衛にはかつて百三十人の配下がいた。中には全く身寄りのない者もいたし、流石に尾張藩に家門の存続を許された者には易々《やすやす》と手を出せまい。一年抱えの鳶、放逐《ほうちく》された家の遺族である。初めは四十家を超えていたが、時を経てある者は死に、またある遺族は新天地を求めるように江戸を出て消息《しょうそく》が解らなくなった。残っているのは九家十七人と甚兵衛は把握しており、清武もまたぴたりとそれを言い当てたのだ。

「それで瓦斯を使う手口を教えたのか」

「見破ったか」

甚兵衛は少し驚いたようだったが、ゆっくりと首を振った。

「確かに瓦斯だ。だが俺が教えた訳ではない。あのようなもの火消が思いつくものか。それはお前が一番知っているだろう?」

年に三百を超える火事が起きる江戸だが、あのような怪奇な炎など滅多にある訳ではない。現に秀助と対峙《たいじ》するまで、己や勘九郎ですら瓦斯の存在を明確には知らなかったのだ。それは甚兵衛も同じだったという。

「一橋は何故か、手の込んだ火付けの方法を集めている」

鉄と酸を用いた瓦斯に火を付ける。確かに凄まじい威力を誇るものの、火を付けた張本人も巻き込まれてしまう。火縄などを導火線に用いる方法も、人のいない家屋ならばいざしらず、尾張藩士の屋敷に仕掛けることは到底出来ない。

「一橋の条件は、あれだけでなく他にも様々な火付けの方法を考える故、実行するよき手立てを考えろというもの。加えて実際に行う者の力添えをしろと」

「種三郎だな」

「それも知っているのか」

甚兵衛は眉を寄せて唸った。

「あれは一時期、秀助の弟子だった男だ」

「なるほど……俺より余程詳しい」

一橋は秀助の手記が見つからないことで、種三郎を見出して引き込んだ。宙に撒《ま》くだけで発火する「九尾《きゅうび》」と呼ばれる秀助の奥義は無理でも、比較的簡単な技ならば再現出来るという。ただ種三郎は臆病な男で、一橋は土壇場《どたんば》で翻意《ほんい》することも危惧《きぐ》していた。

——種三郎を守れ。さもなくば……。

と、一橋は監視と介添えの役目を甚兵衛に命じたのである。

「一橋の野郎」

源吾は拳で己の膝を殴打した。一橋の顔を見たことはない。一介《いっかい》の火消侍が、御三卿に面会することなど無理である。想像の中の一橋は、目鼻ははきとはしない。ただ冷たく不気味に、鵺《ぬえ》の如く笑っているように思え、源吾は下唇を強く噛み締めた。

遠くで聞こえていた子どもたちの声がやや小さくなった。そろそろ寝床に入ろうというのだろうか。これまでのことを頭の中で整理している中、暫し会話に間が空いた。

こちらが口を開かぬからか、甚兵衛は改めて頭を下げた。

「そこまでは解ったさ。やむにやまれぬ事情があったことも……それなのに何であんたは助けようとした」

望まぬとはいえ甚兵衛は一橋に与《くみ》せねばならない。ならば今回の行動は裏切りになり、そこまでして守ろうとした配下の遺族を犠牲にすることになるのではないか。

「すでに全員が江戸を離れた」

「えっ……」

「鼎に頼んでな」

清武が寺を訪ねて来た日、適当な言い訳をしなければならないと、鼎と二人で話す時を持った。その時に甚兵衛は今日のことを予想し、

——もう一度だけ、俺に力を貸してくれ。

とその場で遺族の住処を伝え、事情を告げて逃がすように頼んだのである。こと次第によっては己の名を出しても良いとも伝えた。そして一橋たちには、

「いきなり消えては寺や村の者に怪しまれる。文の往来はさせてくれ」

と頼み、文の中身を検めさせることを条件に呑ませた。

「すまない」

鼎からの文には九だの、七だの、数字がいつも紛《まぎ》れ込ませてある。これは遺族一家の残る数を表している。鼎は足が悪いにもかかわらず、駕籠《かご》で自ら江戸に乗り込み、根気強く一家ずつ説得した。

——何故、今になって！

などと、声を荒らげて怒る者もいた。ただでさえ暮らしが苦しいところに、何も悪いことをしていないのに逃げなくてはならない。憤懣《ふんまん》やる方ないのも無理はない。

だが四の五の言っていても仕方ないのだ。伊神甚兵衛が生きていること、たまに届く銭の正体は甚兵衛が懸命に働いて稼いだものであること。それを告げるとある者は項垂《うなだ》れ、またある者は鼻を啜《すす》り、最後には従ってくれた。

そしてようやく二月《ふたつき》前、全ての遺族が江戸を逃れたことで甚兵衛は、

——一橋を止める。

そう心に誓って、離反したという訳である。かと言って甚兵衛は真正面から火消に協力を仰ぐことも出来ない。生きていることが判れば即座に捕縛され、火炙りの刑に処されるだけ。それは一橋の思う壺《つぼ》になる。故にたった一人、誰の力も借りず、命を救おうとしたという訳らしい。

「火消に打ち明けてくれればよかったんだ」

「誰が罪人の言うことを信じる。現に一橋は逃したのはもう仕方ないと、此度のことも俺に罪を被せようとしている」

「俺がいるだろ」

源吾が迫ると、甚兵衛はゆっくりと首を振った。

「馬鹿を言うな。お前が新庄藩火消の頭になったことは風の噂で聞いた。俺を匿えば藩が取り潰されてもおかしくない。少なくともお前は切腹だろう」

「そりゃそうかもしれねえが……」

「今も罪人に私刑を加えようとする輩《やから》からいったん引き離すため。その名目があるから大丈夫なだけだ。それほど時を稼げるとは思えない。もって三、四日だろう」

甚兵衛が冷静な分析を口にすると、源吾はずいと身を乗り出した。

「今話したこと、全て証言してくれるか」

「それは構わぬが、俺のことなど誰が信じる」

「俺が直に話をする」

思い浮かべたのは田沼である。要人が甚兵衛を斬ろうとしたのは、田沼の命と見て間違いないだろう。だがそれは一橋に与していると思っているからであり、そうでないと判れば事情は違う。甚兵衛が証言するならば、田沼はそれを利用して一気に一橋の野望を打ち砕こうとするだろう。

「どうにか繋ぎをつける」

己が動けない今、明日にでも来る秋仁の子分に、長谷川平蔵を呼んできてもらう。そこからの橋渡ししかない。

不測の事態に備えて、早めに休もうということになり床に入った。甚兵衛の気が変わって姿を晦《くら》まさないとも限らず、同じ部屋で寝起きすることになる。

「源吾」

床に入って四半刻過ぎた頃であろうか。甚兵衛が小声で呼んだ。

「起きているよ。どうした？」

「いや……それにしても、よく俺を信じたな」

「俺はあんたに憧れて火消になったが、あんたは俺を裏切った」

甚兵衛の気持ちは痛いほど解る。だが人として絶対にやってはならないこと、火消ならば猶更《なおさら》のことに甚兵衛は手を染めたのだ。

「そうだな」

「あんたのためじゃねえのかもな。親父が無駄死にじゃないと信じたかっただけかもしれねえ」

源吾が言い切ると、闇の中に大きな息が浮かぶのを感じた。

「重内殿には詫びても詫びきれぬな……」

「きっとそんなもん、いらねえって言うだろうよ」

源吾はそう言うと掻い巻きをぎゅっと巻き込んで背を向けた。それ以降、甚兵衛も何も言わなかった。だが暫しの間、呼吸が寝息に変わっていないことは、源吾の耳はずっと捉えていた。

第八章　若き銀杏《いちよう》よ

一

秋仁の昔の子分が来たのは、翌日の夕刻のことである。細かい事情を伝えるためには文を認《したた》めるのがよいが、それだと奪われた時にまずい。

——件《くだん》の男は敵ではない。

ということをまず告げ、一橋が為してきた悪行や内情の全てを打ち明けることに同意してくれていることを伝えた。そのことを秋仁から長谷川平蔵に会って話してもらうのだ。秋仁と平蔵は一面識もないが、己の名を出せば問題なかろう。新之助に一度繋いでということも考えたが、捕り方も一橋も、新庄藩の監視を相当に強めているだろう。動きは少ないほうがよかった。

ただ秋仁から今度は松永家出入りの商人に、

——無事だ。

ということを深雪に伝えてもらう。そのことは深雪から新庄藩火消の面々に伝わるという段取りである。三日目、再び同じ子分が姿を見せた。

「兄貴は長谷川様に会えたようです」

秋仁の子分は言った。

「平蔵は何と?」

「すぐに伝えるが、ことがことだ。それなりに時が掛かるだろう。息を殺しておけと」

「解《わか》った。巻き込んですまないな」

子分は詳しいことは知らない。平蔵が伝える先が、老中《ろうじゆう》の田沼などとも思っていない。ただ重要なことであるとは解っているらしく、相当に気を入れてことに当たってくれている。

「漏れてないか?」

「心配ないかと」

この子分も昔はならず者だったが、今は堅気《かたぎ》になって貝売りをしている。会ったのも今回が初めて。貝売りの棒手振《ぼてふ》りと、己が繋《つな》がっているなど誰も気づくはずがなかった。

「捕り方もそうだが、胡乱《うろん》な者もいる。とにかく気をつけてくれ」

甚兵衛が己と消えたとなると、一橋も気が気ではなくなっているはず。一橋の所業《しょぎょう》を世間に知らしめるという筋書きにも気づいているだろう。甚兵衛をもはや取り戻すなど念頭《ねんとう》になく、一刻も早く見つけ出し始末しようとするに違いない。

源吾も甚兵衛も、寺の表にはほとんど姿を出さなかった。たまに廊下ですれ違う子どもたちは、快活《かいかつ》に挨拶《あいさつ》してくれる。湛観の育て方か、真っすぐな心根を持っているようだ。

二日経《た》ってまた子分が姿を見せて報告してくれた。

「まだ動きはありません」

平蔵が田沼になかなか目通り出来ないのか。あるいは田沼が手間取っているのかもしれない。流石《さすが》に相手が御三卿《ごさんきょう》ともなれば、しっかり布石《ふせき》を打ち、根回しをしておかないと、逆襲される恐れがあるのは源吾でも理解できる。

じりじりとした時を送る中、一気に事態は動き始める。

さらに一日が過ぎ、源吾らが寺に入って六日目の昼下がりのことである。夜の間は甚兵衛に気をつけねばならぬため、睡魔が襲ってきて、うつらうつらとしていた源吾がはっと顔を上げた。外から子どもの叫《さけ》び声が聞こえたのだ。

「源吾」

甚兵衛にも聞こえたらしく腰を浮かせようとするが、源吾はさっと手で押しとどめた。

「あんたは出て来るな」

長綱《ながつな》の刀を片手に慌てて表に行くと、四人の見知らぬ男たちの姿があった。いずれも髷《まげ》、装い共に商人風であるが、穏やかならぬ雰囲気を身に纏《まと》っている。三人が湛観を取り囲んで何やら詰問《きつもん》しており、残る一人が七、八歳の女の子を羽交《はが》い締《じ》めにしているところであった。

「……この娘らに訊いてみようか。おい、騒ぐな」

娘の首に手を回す男は、子どもたちに向けて睨《にら》みを利《き》かせた。子どもたちはわなわなと震えており、当の娘は涙を滂沱《ぼうだ》と流しながら声も出せずに顔を引き攣《つ》らせている。

「子どもたちに手を出すな」

「では、つべこべ言わず中へ入れろ」

「寺は寺社奉行の管轄。何人の詮議《せんぎ》も受けませぬ」

「俺たちはただの商人《あきんど》さ。何か拒《こば》む理由でも？」

「ならば猶更《なおさら》――」

「この娘が素直に話してくれればいいんだが……」

物陰に身を潜めて耳を欹《そばだ》てていたが、もう我慢の限界と源吾は飛び出した。

「止《や》めろ！」

「おい……あいつは」

「ああ、松永だ。間違いない」

男たちの視線が一斉に注がれる。

「てめえら、どこのどいつだ」

「名乗るつもりはない。伊神甚兵衛は何処《どこ》だ」

「知るかよ」

源吾は廻縁から境内《けいだい》に裸足《はだし》のまま降り立った。

「嘘《うそ》だな。出さないとこの娘を……」

「やめろってんだ！」

男たちの目は冷たく光り、脅《おど》しではないと本能が察した。これはどう考えても捕り方ではない。尾張藩の小野坂の手の者でもなかった。万全を期したつもりだったが、どうやら一橋に嗅《か》ぎつけられたようだ。

「伊神を出せ。お前は見逃してやってもいい」

如何《いか》にすべきか。源吾の脳裏《のうり》を駆け巡った。先ほど廻り縁を歩く跫音《あしおと》が聞こえていた。すでに先ほどまで己が隠れていたところに、甚兵衛が来ていると解った。

「動くな。俺が話をする」

男たちは湛観に呼びかけたと思っているが、その相手は背後に潜んでいるであろう甚兵衛だ。だが打開策は無い。目を合わせるが湛観もまた同じらしい。いっそのこと斬りかかるか。いや、この者たちは商人を装っているが武士だろう。しかも身のこなしが機敏である。やっとうが苦手な己では相手になるはずがない。加えて相手は四人、人質までいる。

――やるしかねえ。

己の有利は、長刀を持つことのみ。心を決め、柄《つか》に手を掛けたその瞬間。まったく予期せぬ方向から声が飛んできた。

「取り込み中のところ申し訳ない」

「お前、何故《なぜ》ここに……」

両側を林に挟まれている、この寺に続く一本道。陽を斜めに背負いつつ、そこをひたひたと静かに歩み来る男。顔の上半分は例の如《ごと》く見えない。

唐笠童子こと、日名塚要《かなめ》人である。

「松永殿、ぬかりましたな」

まだ田沼から要人に伝わっていないことも考えられる。男たちは要人の手の者ではないのかと見回した。だがいずれも怪訝《けげん》そうにしていることから、そういう訳ではないらしい。

「何者だ⁉」

要人は問いに答《ど》えず、足を緩めることなく近づいて来る。

「日名塚。俺は退かねえぞ」

「でしょうな」

要人はこちらに答え、笠の縁に手を添えながら続けた。

「しかし、この者らを、どうするおつもりで？」

「それは……」

「松永殿、目を瞑《つむ》って決して動かぬように、と」

要人は微《かす》かに首を傾《かし》げた。言葉の意味を即座に解した。

「湛観殿、子どもたちに目を瞑り、耳を塞《ふさ》ぎ、何があっても動かぬようにと」

「わ、分かりました！　皆、聞いたであろう！」

子どもたちは湛観の呼びかけに素直に応じ、ぎゅっと目を瞑って、両手を蓋《ふた》のようにして耳を塞ぐ。ただ、人質に取られている娘だけはそうもいかず、ただ瞼《まぶた》を強く落とすのみである。

「勝手なことを！　貴様は誰だと訊いている――」

別の男が吼《ほ》える中、要人が小さな声で呟くのが聞こえた。

（公儀《おかみ》だよ）

その時には要人は一気に間合いを詰めている。けたたましい叫び声が上がる。娘を押さえていた男の腕が半《なか》ばまで斬られてぶらりと下がっている。

「よく耐えた」

目を瞑っている娘の襟《えり》を摑《つか》み、こちらに向けて思い切り突き飛ばした。源吾が娘を抱きとめた時、要人は躍動している。

一人は隠し持っていた道中差《どうちゅうざし》を抜こうとする瞬間に袈裟《けさ》斬りにされて沈む。残る二人も白刃を煌《きら》めかせて同時に斬りかかってくる。一人の斬撃を笠の縁が斬られるほどの間合いで避けた時、要人の刀はもう一人の側頭部を襲う。次に瞬《まばた》きをした時には、躱《かわ》された男が膝《ひざ》を上から踏みつけられ、頽《くずお》れて下がった首筋に刀を受け、牛蛙《うしがえる》のような声を発して突っ伏した。いずれも峰を返しての斬撃だった。三人の男は力を失った身体を地に横たえていた。

新之助に怯《ひる》まずに斬り結ぶほどの男。並の腕ではない。ほんの三つを数えるほどの間の出来事に、源吾は震える娘をしかと抱きしめながら唖然《あぜん》となった。

「痛《いて》えぇ！　俺の手が、手が！」

意識があるのは、初めに腕を斬られた男のみ。鮮血を撒《ま》き散らしながら吼えている。

「静かに」

「こんなことしてただで済むと思うのか！　すぐに仲間が来るぞ！　お前たちは終わりだ！　子どもであろうが何であろうが、鏖《みなごろし》にしてやる！」

「悪党らしい科白《せりふ》をありがとう。心置きなく始末出来る」

要人は刀を振るって、後退《あとずさ》りする男にひたひたと迫る。

「奉行所の手の者か、火盗改《かとうあらため》か……降《くだ》る。だから助けてくれ」

一転、男は哀願《あいがん》する。

「外道《げどう》が何か囀《さえず》っているな」

要人が足を止めないので、男は悲痛に叫んだ。

「公儀の者がやり過ぎだろう！」

「行き過ぎたる者があってようやく正義は保たれる。それが拙者《せっしゃ》ということだ」

要人は感情の無い声で冷ややかに言い放った。

「くそっ、くそっ……お前ら皆死ぬんだからな。泣き喚《わめ》け──」

追い込まれた男がさらに声を大きくしたので、耳を塞いでいても聞こえたか、子どもたちが悲鳴を上げ、顔を恐怖に引き攣らせる。その刹那《せつな》、要人は舌を打つと同時、跳ねるようにして躰ごとぶつかった。右手は脾腹《ひばら》を深々と貫き、左手で男の口を塞いでいる。

「静かにしろと言っただろう」

要人は囁き、子どもをあやすように、しいと息を吐いた。男の躰《からだ》から魂《たましい》が抜けるのが解った。どさりと倒れた男をよそに、要人は落ち着いて刀身を懐紙《かいし》で拭《ぬぐ》いつつ言った。

「和尚殿。目を瞑らせたまま子どもたちを御堂の中へ。見せるものではない」

湛観は何度も頷いて子どもたちを誘導する。

「何故ここに？」

源吾が問うと、要人は笠の下から覗《のぞ》く口を少し歪《ゆが》ませた。

「松永殿、一橋に露見《ろけん》していますぞ」

「なっ――」

「あの男が言っていたことは真《まこと》。続々と仲間がやってくる。一昨日ここに来た棒手振りが尾行されていました。それを拙者がさらに追ったという訳で」

「本当か」

「どこから漏れたかはきとしませんがね」

漏れるはずがないと思っていた。繋ぎ役の秋仁を除いて、他の組の者には居場所は秘していた。考えたくはないが、内通者でもいない限り有り得ない。

「正直、助かった。だが伊神様を渡す訳には……」

「渡さずともよろしい。田沼様は少し前に伊神殿についてのお達しを解かれました」

「守ってくれるのか」

「いえ、特に改めての命《めい》はなく。田沼様もこの場所はご存じない」

「じゃあ、これは……」

源吾は気を失ってぴくりとも動かない三人と、一人の屍《しかばね》を見渡した。

「手を出すなとも命じられていませんので」

要人は刀を鞘《さや》に納めると、懐《ふところ》から一枚の紙を取り出した。

「それは……」

「市中は大変な騒ぎですぞ」

要人が放り投げ、宙を舞った紙を源吾は摑んだ。

「読売《よみうり》か」

「伊神甚兵衛が火付けの予告をしたと持ち切りです」

「何だと」

慌てて読売に目を落とす。源吾は言葉を失った。

三日前に伊神甚兵衛の名で火付けの予告があったという内容だった。甚兵衛はその時にはここにいたし、そもそも今回の火付けの下手人ではないため、他の何者かがなしたのは間違いない。そして、その火付けの標的が問題であった。

「一橋屋敷だと……」

源吾は読み進めながら喉を鳴らした。

要人の言によると、この読売のせいで市中は凄まじい騒ぎになっているという。譬《たと》えるならば、赤穂浪士《あこうろうし》が予《あらかじ》め踏み込むことを、世間に流布《るふ》したようなもの。ましてや相手は吉良《きら》家ではなく、将軍の親戚たる一橋家。巻き込まれぬため吉良家のように城外に逃がすことも出来ない。そんなことをすれば将軍の面目《めんぼく》が丸潰れとなる。

幕府もこれを放置することは出来ず、御城の全ての門を閉ざして鼠《ねずみ》一匹踏み入れさせない厳戒態勢に入っているらしい。

「一橋の仕業《しわざ》に間違いねえ」

自作自演である。十八年前の大学火事を引き起こしたのが伊神だったことも明かし、徳川家に逆恨みをし、まずは御三家の尾張藩を、今度は御三卿、つまり己を狙ったという筋書きである。

そのような重大な企みが読売に漏れるのも解《げ》せない。読売書きに手を回して書かせたのだろう。こうなれば伊神甚兵衛は徳川家ひいては幕府に仇《あだ》なす大悪人となり、市中の者たちも全て敵に回る。

「田沼様もこれには手を焼いておられるでしょう」

要人は小さいが苦々しさの伝わる舌打ちをした。

一橋はこちらが田沼を頼ろうとするのを見抜いている。先手を打って甚兵衛を幕府の敵としてしまえば、その後に田沼が問題にしたところで幕閣《ばっかく》は扱いに困る。

「随分《ずいぶん》、男前に描いてくれたものだ」

甚兵衛が横に来て皮肉を零《こぼ》した。甚兵衛の挿絵まで入っていた。髪を振り乱し、眦《まなじり》は吊り上がり、禍々《まがまが》しい鳳凰の羽織を翻《ひるがえ》している。まるで鬼か般若《はんにゃ》かのような描かれ方であった。

「よく読まれるがよい」

要人に促され、さらに細かく、一言一句《いちごんいっく》逃さずに読み込もうとした。

下手人、伊神甚兵衛が一橋屋敷を焼き払うと予告してきたというのは本日の夕刻だと書かれていた。こちらを牽制《けんせい》するための策ならば、ここまで細かく言及する必要はない。さらに読み進めて不思議な箇所を見つけた。

「今日だと……」

「これは⁉」

死んだはずの伊神甚兵衛が、何処で如何に暮らしていたのかまで書かれている。

いわく、上州桐生で元土岐藩火消の鼎伊左衛門なる者が住職となっている寺で匿《かくま》われ、百姓の振りをしていた。村人たちは十八年前のこと、今また甚兵衛が尾張藩屋敷に火を付けたことを知った。委細《いさい》を知らずに騙《だま》されていたのは仕方ない。だが知らぬとはいえ、公儀に弓引く大罪人と付き合っていたのは申し訳ないと、桐生の老若男女《ろうにゃくなんにょ》の民百姓は江戸に入り、今度予告のなされた一橋屋敷の警護をしたいと望んだ。一橋公はその忠義に涙を流して喜び、一室を与えて警護を許す。真に美しき話にて、百姓たちも望外《ぼうがい》の僥倖《ぎょうこう》。それなのに伊神甚兵衛は云々《うんぬん》――と、いったものである。

「やられた」

これまで如何なることにも動じなかった甚兵衛の手が震えていた。

この読売、一橋が書かせたものであると見て間違いない。ならばこの文章の意味するところは何か。甚兵衛の話を聞く限り、桐生の者たちは甚兵衛を慕《した》っていた。甚兵衛が村の火事を助けたことを一生の恩とも思っていたという。仮に正体を知って驚こうとも、進んで警護を申し出ることはなかろうし、一橋としても百姓を受け入れるなど有り得ない。

「これは人質だ。今日名乗り出なければ、俺の名でもって焼き殺すということだ」

甚兵衛は歯を食いしばった。

「こいつ正気か……」

源吾は背筋が凍えるほど寒くなった。これは即《すなわ》ち己の屋敷を自ら焼くということだ。余程《よほど》追い詰められている証左とも言える。だが、御曲輪《おくるわ》内で堂々とこれをやるなど、どこか壊れているとしか思えない。

「桐生の者たちにまで手を出すとは思わなかった。何の罪もない桐生の人々の命が奪われようとしているのだ」

甚兵衛は鬢《びん》を撫ぜながら唸《うな》った。老若男女という書かれ方から、もしかしたら子どももすらいるかもしれない。ここ《ここ》まで来れば一橋が何をしても驚かない。

「すまない……俺は行かねばならない」

甚兵衛は遠くに見える御城を見ながら言った。

「駄目だ。行ったら捕縛されて、殺されるだけだ」

「どちらにせよ、俺は死ぬ。一橋の罪を暴《あば》いたとてな。償《つぐな》いをして死ぬか、悪人のまま死ぬか。ただそれだけだ」

「いや、どちらでも死なせねえ」

「どういうことだ？」

「火消として生き抜いてくれ」

源吾は力強く言い切った。

「それは……まさか……」

「火を止めるぞ。一橋の目論見《もくろみ》をぶっ壊す」

己たちが桐生の民を救う。

「だがこの読売が」

甚兵衛は要人のほうを見た。

「ええ、町中が貴殿を悪鬼《あっき》の如く思っている。江戸中の民が敵と見てよいでしょう」

要人は笠を傾けつつ返した。

「とても辿《たど》り着けん。よしんば辿り着いても門が閉まっている」

「一橋は上手くやったつもりかもしれねえが、肝心《かんじん》なことが解っていねえ。火付けの予告なんぞして、黙っていられる奴らかよ」

むしろ、その火消たちに紛《まぎ》れれば、一橋屋敷近くまで迫ることができるかもしれない。

「ご名答。すでに加賀鳶などは罠《わな》を警戒して半分を残しつつ、残る半分で御城へ向かって出動しました。市中の者から喝采《かっさい》を受けているとか。続く火消も多数」

要人が淡々《たんたん》とした口調で言った。

「門はどうやって……」

「思い通りのまま進む火事場なんて……一つもねえ」

絶句する甚兵衛を見つめながら、源吾は言葉を継いだ。

「火消ってのは痛いほどそれが解っている奴らだ。そこに障害があるのは当然。だけど退《ひ》こうとはしねえ。きっと皆で乗り越えようとする。あんたの時もそうだった……俺たちの仲間を信じる」

「俺たちの……仲間か」

甚兵衛は瞑目した。睫毛《まつげ》のない瞼が小刻みに震えている。

「頼めるか」

「ああ」

甚兵衛は目を見開くと凜然《りんぜん》と言い、源吾は片笑んで頷いた。すぐに御堂に戻ってここに来た日の火消装束《しょうぞく》に着替えると、腰に鳶口を捻《ね》じ込んだ。

戻った時、要人はぐったりした三人の男たちを縛り上げ、その持ち物を改めていた。田沼にそのまま引き渡すのだろう。

「俺たちが出てもここにまた仲間が来る。和尚、急いで子どもたちとここを離れて下さい」

唯一斬った男が、死ぬ前に、すでに仲間がこの場所を知っていると喚《わめ》いていた。

「それが……」

湛観が戸惑いつつ要人を見る。

「私がここに残ります」

「そりゃあ、どういう風の吹き回しだ」

確かに要人は助けてくれたが、全幅《ぜんぷく》の信頼を置くまではいかない。この男はあくまで公儀隠密《こうぎおんみつ》であり、田沼の利益にならぬことには動かぬと知っているからである。

「どうもこうも。麴町定火消は府内に散っており役立てそうにありませぬ。仲間がまだ来るならば好都合。飛んで火にいる何とやら。片っ端から捕らえ、難しければ……こう」

手刀で宙をすうと切ってみせた。

「守ってくれるんだな」

要人が微かに頷いた気がした。

「無茶をするなと言っても無理でしょうが、哀しむ御方がおられることはお忘れなきよう」

要人らしからぬ物言いだった。漠然と多くの者を指したのかもしれないが、源吾は何となく深雪と平志郎のことに聞こえた。

源吾は湛観を振り向き、改めて詫びた。

「子どもたちにまで恐い思いをさせてしまった。申し訳ない……」

湛観は屈《かが》んでいた膝を伸ばして言った。

「とんでもございません」

「和尚、世話になった。俺は……」

甚兵衛が言いかけるのを、湛観は首を振って制した。

「きっと父も、それでこそ御頭と言っているはずです」

「段五郎ならきっとそうだな」

甚兵衛はここに来て以来、最も穏やかな表情で言った。

「では」

「さらばだ」

「すまない」

甚兵衛はそう言うと、身を翻して駆け出した。すでに中年の域を超え、しかもかつて二度も全身に大火傷を負ったとは思えぬほどの足の速さに、源吾は驚きつつ必死に追い縋《すが》った。流石は完全無欠の火消と呼ばれ、伝説になった男である。甚兵衛の羽織は一見古ぼけているが、丁寧に繕《つくろ》われていた。火消として生き、火消だから翻弄《ほんろう》され、火消を捨てた男だが、どうしてもこれだけは捨てられなかったという。

源吾が横に追いつくと言った。

「また見られるとは思ってなかったぜ」

「俺も見られるとは思ってなかった」

「たった一度」

「ああ。たった一度だ」

源吾は口元を緩め、弾む息に混ぜながら声を吐き出した。

「遅れるなよ、ご老体」

二

慎太郎は浅草三軒町《さんげんちょう》にある旅籠《はたご》「櫻屋《さくらや》」の二階から、往来《おうらい》を見下ろしながら言った。

「皆、浮かねえ顔してやがんな」

「火付けが続いているからね。きっと皆、不安なんだよ」

藍助は畳に広げた切絵図を飽きもせずずっと眺めている。

慎太郎がい組を出奔《しゅっぽん》して十日余り。別に手柄を立てたいと思っている訳ではない。若い火消を守る云々も頭では理解出来る。火消全部の力を万とするならば、己たちの力などほんの一ほどかもしれない。だが万と一であればよいではないか。その境に救える命があったらどうする。現に、偶然だが前の現場では、己が真っ先に辿り着いた。その時にもし炎に喘《あえ》いでいる者がいれば救えたのだ。もしこの火付けでまた命を落とす者が出て、その時に己が安穏《あんのん》としていれば、いずれは火消ではいられなくなる。そんな気がしていた。

「今からでも遅くねえぞ?」

慎太郎は首を振って藍助を見た。

初めは藍助を巻き込むつもりはなかった。火消になってからいちばん心を許せた同期である。これまで共に火付けを追ってきた。出奔するならば想いは告げておかねばと打ち明けたのだ。いつも通り止めるかと思いきや、藍助は、

——解った。一緒に行くよ。

と、応えたから慎太郎のほうが驚き、逆に留まるように説得する始末だった。普段はおっとりとしている藍助のどこにこんな強情《ごうじよう》が潜んでいたのかと思うほど、どれだけ話しても引き下がらない。結局、慎太郎が折れて二人で姿を晦《くら》ませた。

「目を離したら、慎太郎は本当に無茶するからね」

藍助は切絵図を指でなぞりつつ答えた。この場所から尾張藩上屋敷、中屋敷、下屋敷への道筋を何度も何度も確かめているのだ。前回は上屋敷が標的になる可能性が高いと勝手に当たりをつけ、近くに潜んでいた。だが結果、狙われたのは下屋敷である。

——今からでも行くぞ！

慎太郎が下屋敷に向けて駆け出しそうになるのを、すでに火消が殺到してい

て、行けば捕まって連れ戻されると引き留めたのは藍助であった。

以降、駆け付けるまでに時は掛かるが、潜伏先のこの旅籠でその時を待つことにしている。跫音が近づき、外から声が聞こえた。

「入るよ」

「ああ」

襖《ふすま》が開いて立っていたのは若い女である。手には盆を持っており、皿の上に八つの握り飯が載っている。

「すまねえな、千香《ちか》」

女の名を千香と謂《い》い、まだ齢《よわい》二十だがこの旅籠の主人である。慎太郎は火消を志《こころざ》して江戸に出たが、鳶市が始まるということで即時の採用は決まらなかった。目算《もくさん》が外れて食うに困ったが、やくざ者のようなことはもうしたくはなかった。これからどうしたものかと、橋の欄干《らんかん》に寄りかかって茫《ぼう》と川を眺めていた時、近くで女の声が聞こえた。悲鳴ではない。激しく言い争うような気の強い語調である。

そこで三人の男と言い争っていたのが、この千香だった。後で聞いたことだが、千香は前年に父母を立て続けに病で失ってしまった。一人娘であった千香はまだ若い。皆が旅籠を手放すと思っていたのだが、千香は一人で切り盛りしてみせると啖呵《たんか》を切り、その健気《けなげ》な姿に料理人や奉公人もついてきてくれている。だが若い女の主人ということで、店を乗っ取ろうとする悪い奴らに目を付けられ、度々《たびたび》嫌がらせを受けていたということである。

――女一人に何してんだ。

慎太郎は男の手首を摑んで捻り上げた。ここで颯爽《さっそう》と倒せば恰好がつくのだが、そこまで現実は甘くない。相手が三人ということ、丸二日間何も口にしていないことで、泥のような喧嘩《けんか》になった。結局、自身番屋の番人たちが駆け付け、男たちは退散したという情けない話である。千香は番人たちに状況を説明した後、慎太郎に礼を言った。散々《さんざん》に殴《なぐ》られた頰《ほお》を摩《さす》りながら、その場を後にしようとしたところ、慎太郎の腹の虫が叫び声を上げた。あまりに情けない恩人の有様《ありさま》に千香は噴き出し、

――お腹減っているの？

と、訊いた。その縁で鳶市が始まるまで、慎太郎はこの櫻屋に居候《いそうろう》することになったのである。

慎太郎にとって、火消以外の数少ない江戸での知人である。今回も他に頼ると

ころが思いつかず、ここを訪ねたのだ。慎太郎がまだあらましを話しているのを遮《さえぎ》り、

——いい、いい。どうせ火消の意地だとか言うんでしょ。

と、とっとと話を打ち切って受け入れてくれた。

「いつもありがとうございます。わっ……一人四個」

藍助は礼を言ったあと、握り飯を数えて驚いてみせた。

「藍助さん、若いんだからこれくらいは食べないと。あの馬鹿なんて、初めて会った日、十五個も食べたのよ」

「馬鹿で悪かったな」

慎太郎は苦笑して握り飯を摑むと、思い切り頬張った。

「いただきます」

藍助も手を合わせ、握り飯に手を付ける。

「なあ、千香」

慎太郎は早くも一つ目を平らげ、指についた米を舐《ねぶ》りながら呼びかけた。

「うん？」

「実は結構、厄介《やっかい》なことをやってる」

「そんなこと解っているわよ」

「何をやっているか心配じゃねえのか？」

すでに凶悪な火付けが続いているのは周知のことで、その手口から火に通じている者の仕業であることも世間で噂になり始めている。そんな中、こうして一日中往来を見たり、切絵図を眺めたりしているのだから、己たちこそ下手人じゃないのかと疑われても仕方ない。

「心配よ」

「じゃあ……」

「藍助さんが火付けをする訳ないじゃない」

頰に米粒を付けた藍助は、苦笑した。

「善人面《づら》の藍助のおかげで助かった」

慎太郎は頰杖を突きながら笑った。

「馬鹿。あんたもよ」

「何で言い切れるんだよ。俺も昔は……」

「どれだけ火消になりたいと願っていたか知っているから」

遮るように千香が言ったので、慎太郎は掌《てのひら》から顎《あご》が滑り落ちそうになり、慌て頭を持ち上げた。

「そうか」

千香には話していないが、過日、内記と共に屋敷から出た時、屋根の上から往来を見下ろしていた下手人を見た。現場から連れ出される時に、内記に何者かと訊いたが、

——知らずともよい。

と返ってきたのみで、それきり口を開いてくれなかった。だが現場にいた火消の中には見知った者もいたらしく、慎太郎は組に引き戻される前に聞くことが出来た。

名を伊神甚兵衛と謂い、元尾張藩火消の頭だった男である。慎太郎が生まれた頃に活躍していたらしく、

——御頭も、大音様も、松永様も、あの化物のような辰一も、そして進藤様も……。

誰もが認める伝説の火消だったらしい。

だが甚兵衛率いる最強の名を恣《ほしいまま》にした尾張藩火消は、不幸な事故のために壊滅して、その甚兵衛も死んだとされていた。だがそれが二十一年の時を超えて

復活し、理由こそ解らないが尾張藩に復讐しているらしいのだ。

「そうだ。さっき惇太《じゅんた》が訊いてきたんだけど……昨日の下屋敷の火事場に下手人が姿を見せたって話よ」

惇太とは櫻屋の奉公人である。慎太郎たちが外に出られないため、千香が奉公人たちに火付け絡みの話があれば聞いて来るように頼んでくれている。

「何⁉ いが……下手人はどうなった⁉」

慎太郎が身を乗り出すと、千香は意志の強そうな眉《まゆ》を八の字にしながら答えた。

「詳しいことはよく解らないけど……尾張藩の人たちがその場で捕らえようとしたみたい」

「ただじゃあ済まねえだろう」

尾張藩の屋敷を次々に焼き払っている下手人である。捕らえるなどと穏当な話ではなく、その場で打ち殺そうとする者がいてもおかしくない。

「うん。腕に覚えのある人たちが大勢で取り囲んだらしいわ」

「で……死んだのか」

慎太郎が低く尋ねると、千香は首を横に振った。

「ううん。私刑は法度《はっと》破りだと、火消の一人が下手人を連れて逃げたとかで、今も見つかっていないんだって」

人の口に戸は立てられぬもので、すでにその話は府内に広がっているという。

「どこの何て火消か判るか？」

気になるのはその火消のことだった。公《おおやけ》に裁くためとはいえ、凶悪な火付けの下手人を連れて逃げるとは、何とも大それたことをしたものである。

「ええと……確かし、し、何だっけ。ぼろ鳶よ」

千香は名を思い出すのを諦め、ぱんと手を叩いてその名を口にした。ぼろ鳶の名は世間に浸透しており、新庄藩の名の方を知らぬ者もいるほどである。

「ぼろ鳶……まさか」

慎太郎が見ると、藍助も唖然とした様子で言った。

「松永様……」

「そう。その松永って人！」

千香は思い出したようで頷いた。

「でも、それならこれで火付けも収まるんじゃ」

藍助が言うが、慎太郎は首を捻った。

「まだ見つかっていないっていうのが気になる」

「松永様がやられたってことは……」

藍助は不安そうに声を漏らした。これで松永様が甚兵衛を連れて出頭すれば一件落着である。しかしまだ姿を見せていないとなれば、真っ先に思いつくのが、途中、甚兵衛が松永様を害してまた逃走を図ったということ。

「いや、おかしいぞ」

あくまで人伝《ひとづて》だが、千香の言うところによると、甚兵衛と逃げたのは松永様一人だけ。他にも火消はいたはずである。甚兵衛の逃走を防がねばならぬのだから、あと数人を付けて逃げそうなものだが、そうはしなかった。

「何か……ありそうだね」

「ああ、気は抜けねえ。まだ終わっていない気がする」

慎太郎が膝をぴしゃりと叩いたその時、激しく階段を駆け上がってくる跫音が聞こえた。

「女将《おかみ》さん」

先程も話に出た、この櫻屋の奉公人の惇太である。三十路《みそじ》手前であるが、形だけではなく僅か二十歳の女将である千香を心から信頼している。この男だけでなく櫻屋の者は皆がそうで、全力で千香を支えて守《も》り立てていこうとしているのがよく解った。それ故か、何処の馬の骨とも分からぬ己のことをあまり快く思っていないらしい。

——女将を巻き込んだら承知しねえぞ。

とでも思っているのだろう。刺すような視線を向けてくることもしばしばだった。

「何?」

「下にまた、胡乱な男が。博徒《ばくと》のような男です」

己たちを胡乱呼ばわりしているのが気になったが、博徒らしき男が誰であるか慎太郎にはすぐに解った。藍助も同様である。ただこちらは、

「本当に来たんだ……」

と、顔を引き攣らせている。

「俺が出る」

「駄目。店先で喧嘩でもされたら堪《たま》ったもんじゃない。私が案内します」

千香はぴしゃりと言って階下へ下りていった。

暫くすると、千香に連れられて一人の男が姿を見せた。身丈《みたけ》はすらりと高い

が、着崩れた着物の胸元から覗く躰は、赤銅《しやくどう》に染まり引き締まっている。

「おう、慶司」

慎太郎は二つ目の握り飯に齧《かじ》り付き、不敵《ふてき》に片笑んだ。

三

外から吹き込む風が、人々の営《いとな》みの声も運んでくる。荒々しく結《ゆ》ったからか、ここまで駆けて来たからか、慶司の額《ひたい》に髪が零れており風で揺れている。慶司は手櫛《てぐし》で掻《か》き上げて鋭い眼光で睨みつけてきた。

「てめえ。どういう了見《りようけん》だ。表へ出ろ」

「いいぜ」

慎太郎が腰を上げようとした時、藍助は諸手《もろて》を突き出して押しとどめた。

「駄目だって！」

呼びかけも虚《むな》しく、慶司は身を翻して外へ出ようとする。しかしその前に千香が立ちはだかった。

「表での喧嘩は困ります」

「じゃあ、離れたところへ行く」

「それなら、どうぞ」

「千香さん！」

折角《せっかく》止めた千香が微笑んで道を開こうとするので、藍助は泣き出しそうな声を上げた。

「なあ、慶司」

慎太郎が腰を伸ばしながら呼ぶと、慶司は首だけで振り返った。

「何だ？　怖気《おじけ》づいたか？」

「いいや。文にも書いたけど、怖気づいたのはそっちだろう？」

「てめえ……踏んづけた消し炭みてえに、ばらばらにしてやる」

「譬《たと》えが下手《へた》か」

慎太郎が鼻を鳴らすと、慶司はさらに顔に怒気《どき》を滲ませる。睨み合う両者を、藍助は忙しなく交互《こうご》に見て、千香は苦笑しつつ腕を組んで見守る。慎太郎は細く息を吐くと、ずいと歩を進めて続けた。

「番付狩りだか、潮干狩りだか知らねえ、確かに喧嘩は強いかもしれねえが……だが火消としてはどうなんだよ。これだけ立て続けに、火付けが起こっているのに黙って見ているじゃあねえか」

「新鳶は火事場に出させねえ。しかも俺が謹慎喰らっているのは知っているだろうが。宗助が呆れるほど見張りを付けてんだ。面倒臭《めんどくせ》えんだよ」

お達しが出ている中でも一度は慶司も駆け付けたため、若い鳶が出られぬことを快く思っていないのは確かである。ただ過日《かじつ》の喧嘩騒動で、に組も慶司一人に数人の見張りを付けているという。

「お前の二つ名。『青狼《せいろう》』だったか？　『青犬』の間違いだろう。言い訳が上手いからよ」

「女将、悪いがもう我慢出来ねえ。店の修理は俺が働いて返す」

慶司は青筋を立てて唸るように言った。

「だってそうだろう。俺の挑発の文には乗って、見張りを振り切って来た」

「ぐっ……」

慶司は尖《とが》った八重歯を剝《む》き出しにして食い縛《しば》った。

慎太郎は別に先達《せんだつ》たちの邪魔をしようなどとは思っていない。もし己が一番に駆け付けた時、そうでなくても過日の市ケ谷《いちがや》定火消《じょうびけし》のようにいても誰も助けない現場に鉢合わせした時、命を懸けて救い出そうと思っているに過ぎないのだ。

だが同時に前回、前々回と己の無力さを痛いほど知った。内記がいなければ己は屋敷の奥にも辿り着けなかっただろう。だが、もうその内記も頼ることは出来ない。

——おいらが見るよ。

藍助が言ったのはそんな時であった。悔しいが己には経験が乏《とぼ》しく炎の動きがまだ解らない。だが藍助の天賦《てんぷ》の才は炎の息遣いを看破《かんぱ》する。二人なら、一人前でなくとも補い合えるかもしれない。ただそれでも、藍助の身体能力は新人鳶の中でも最下位、つまり江戸の火消の中で最も鈍《にぶ》い。藍助を守りながら突っ込むには、己一人では足りない。せめてもう一人、屈強な火消が必要だと思った。

その時に思いついたのが、眼前の慶司である。躰の頑丈《がんじょう》さでは熟練の火消にも全く引けを取らない男である。

千香に頼んで、櫻屋の若い衆に探ってもらい、慶司は謹慎中で、見張りが付いていることも事前に知っていた。加えて慶司はあちこちの煮売り酒屋につけがあるらしく、ぱったりと姿を見せなくなったことで、不安がった店が催促の文を寄こしているというのも聞いた。

さらに催促に現れた丁稚《でっち》から、耳寄りなことも聞いてきてくれた。まず慶司は恐ろしく短気であり、特に決して言ってはならない禁句があるらしい。それを言うと、慶司は見境がなくなるというのだ。

　よからぬことを考え付いたことに気付いたのだろう。藍助は頭を抱えて溜息を吐いていた。

――い組の慎太郎だ。俺から逃げるな。男なら櫻屋へ来い。俺は逃げも隠れもしねえ。

　と殴り書きで文を認《したた》め、つけの催促の文を装って届けさせたのが今朝のこと。効果覿面《てきめん》、こうして昼前に姿を見せた訳である。

「素手喧嘩《すてごろ》はお前には勝てねえだろう」

　拳《こぶし》を交《まじ》える前から負けを認めたので、慶司は眉間《みけん》に皺《しわ》を寄せた。慎太郎は一尺(約三十センチ)のところまで顔を近づけ、さらに言い放った。

「だが火消としては負けねえ。俺は大関《おおぜき》になる」

「俺はい組が好かねえんだ。お前が大関になる俺の背を見てろ」

「火付けを止める。力を貸せ。お前の男を見せてくれよ」

「やってやろうじゃねえか」

　慶司は目を見開いて片笑んだ。

「ごめん。二人とも」

「あ？」

藍助が唐突に口を開いたので、慎太郎と慶司の声が重なった。

「大関の席は二つ。どちらかには涙を呑んでもらう」

確固《かっこ》とした意志が滲んだ一言に、その場にいる全ての者が一瞬呆気《あっけ》に取られた。別人のように引き締まっていた藍助の顔だが、すぐにいつものおどおどした頼りないものに変わり、上目遣いに二人を見ながら、蚊が鳴くようなか細い声で続ける。

「……何てこともあればいいというか……まあ……」

「馬鹿。胸を張って言えよ」

慎太郎はにかりと笑って藍助の胸を小突いた。

「小僧のくせに……男じゃねえか」

慶司もふっと精悍《せいかん》な頬を緩めた。

「小僧って言うほど歳も変わらねえだろうが。だいたい男、男って何だよ。気持ち悪《わり》い」

慎太郎は苦笑しつつ項《うなじ》を掻きむしった。

「うるせえ。文句あるなら表に出ろ」

「ああ、いいぜ。さっきの言葉は取り消しだ」

「もう、今は力を合わせるって決めただろう！」

藍助が小さい躰を二人の間に捻じ込み、懸命に離れさせようとする。

男は馬鹿ばかりとでも言いたいのだろう。千香は腰に手を添えて溜息を零すものの、その顔は何とも嬉しそうである。こうして慶司もそのまま、に組を出奔することになり、同じく櫻屋に居座ることとなった。

四

金も払わぬ居候に幾つも部屋を空けられないため三人同室である。ちょっとしたきっかけで慎太郎と慶司は張り合い、そのたびに藍助が止めるというのが見慣れたものになった。

中でもどちらが多く握り飯を食えるかというので張り合った時は、互いに胃の腑《ふ》がはち切れんばかりに食った。飯は遠慮せず幾らでも食べていいと言っていた千香も、

「あなたたち本当に馬鹿なの⁉」

と、流石に呆れ交じりに怒っていた。

慶司が櫻屋に来て四日目の朝のことである。慎太郎は片耳を塞いで往来を眺めていた。慶司はまだ眠りこけており、その鼾《いびき》が煩《うるさ》くて堪らないのだ。

「藍助」

また飽きもせず切絵図を見つめている藍助を呼んだ。

「うん？」

「何かあったみたいだぞ」

仕入れに出ていた惇太が、血相《けっそう》を変えて戻って来たのだ。暫くすると千香が襖を勢いよく開けた。すぐ後ろには肩で息をする惇太の姿もあった。

「慎太郎、これ！」

千香の手には紙が握られている。読売である。何でもこの読売が飛ぶように売れており、市中はその話で持ち切りだという。

慎太郎は受け取り、藍助と額を合わせて読売の文字を目で追った。

「おいおい。こりゃあ、どういうことだ」

慎太郎は絶句した。下手人が伊神甚兵衛であると大々的に報じられている。しかも一橋屋敷を焼き払うと予告しており、それが本日だというのだ。他にも甚兵衛が生き延びて上州桐生で暮らしていたことなども書かれていた。

「大変だ……何が起こっているんだよ」

藍助は顔面蒼白になっている。

「おい、起きろ」

慎太郎はこの騒々《そうぞう》しさでも目を覚まさない慶司を蹴り飛ばした。

「……何かあったか？」

慶司は目を擦《こす》って起き上がった。渡した読売を読むと、眠気がすっとんだように顔が引き締まる。

「舐めた真似《まね》をしやがって」

読売を握りしめて慶司は気炎《きえん》を吐いた。

「でも、松永様と一緒にいるんじゃ」

藍助は額に手を添えて考え込む。

「しくじって逃がしてしまったか、あるいは松永様が……」

「そんなことある訳ない」

「いや、松永様とあの男の間には何かありそうだった。もしかするともしかするぞ」

甚兵衛と共謀しているとまでは言わない。己たちは知り得ないが、甚兵衛の動機に同情して、敢えて逃がしたくらいのことは有り得るのかもしれないと考えた。

「そんな……」

「町はどうだ⁉」

慎太郎が訊《き》くと、惇太は千香の前に踏み出して答えた。

「御城の周り、特に一橋屋敷に近い飯田町、駿河台界隈《するがだいかいわい》はえらい騒ぎだぜ」

惇太が言うには、御濠を挟んだだけの三河町《みかわちょう》、鎌倉町《かまくらまち》、皆川町《みながわちょう》、永富町《ながとみちょう》あたりではすでに避難する者も続出しているとか。反対に稀代《きだい》の火消が生きており、しかも火付けに身を落として現れるということで、物好きな者たちが野次馬と化して殺到しているという。中には自らが甚兵衛を取り押さえると息巻き、仕官の糸口を摑もうとしている浪人などもいるらしい。

「火消は？」

「俺もこの目で見た訳じゃねえが、すでに加賀鳶が出たとか……だが止められねえだろう」

「天下の加賀鳶だぞ」

若い鳶を出さないと決めた火消組織には憤《いきどお》っている。だがこうして甘くみられると無性《むしょう》に腹が立ってくるのは、己もまた火消の一人になったからだろうか。

「違う。御城は御曲輪内に通ずる全ての門を閉ざしている」

「え……」

「どういうことだい。惇太」

「へい。これはどうも昨晩からのようです」

千香が促すと、惇太は語調を落として詳しく説明した。

早朝、登城予定の武士が門の前で押し問答をしていたらしい。急遽《きゅうきょ》門を閉ざすこととなり、登城することは叶わぬから自宅で待機せよと言われたらしいのだ。はいそうですかと引き下がって、何かの間違いならば、登城する側も大きな問題となる。そのため上役の説明が欲しいと求める。そのような一幕があったという。つまり昨晩のうちにこの対策は講じられ、夜明け前には決定されていたということ。誰も中に入れないつもりなのだろう。

さらに御曲輪内には火付盗賊改方を始めとして、多くの幕府の手の者が見回っていることが予想される。今日、火付けをするとまで予告されているのだ。幕府は威信《いしん》をかけて防ごうとしている。それを読売書きが察知し、あるいは何者かによって漏洩《ろうえい》し、読売が書かれたという流れらしい。

「つまりそんな状態だから、加賀藩といえども城の中に踏み込めねえと思った訳です」

惇太は町で聞き集めたことを滔々《とうとう》と語った。

「でも万が一、火が付けられたら誰が防ぐ？」

慶司が大きく伸びをしながら訊いた。

「お上がここまでしてるんだから、万が一も……」

千香が言いかけるのを、慶司はすっと手を出して止めた。

「女将、絶対は無《ね》え」

慶司の顔が引き締まっている。慶司の父である金五郎は百戦錬磨《ひゃくせんれんま》の火消だった。だがそのような者でさえ、散り際は呆気ないものだったと聞く。そのことから慶司は本能的にそう知っているのだろう。

「いざというときには、御曲輪内唯一の火消が消し止める段取りのようだ」

「御曲輪内唯一って……」

藍助が顔を覗き込んできた。

「八重洲河岸定火消。進藤様だ」

内記ならば申し分ない実力である。他の火消を入れることで、下手人が紛れ込む危険を避けるため、八重洲河岸のみで当たるというのもおかしいことではない。だが慎太郎は微かな違和感を覚えた。具体的には何と言えないが、

——何もかも都合よすぎやしないか。

と、いうことである。松永様が甚兵衛を連れて逃げる。そして何らかの訳でまた甚兵衛は一人になり、これまで前代未聞の火付けの予告をしてくる。読売によれば徳川家に怨みを持っているとのことだが、これまでは尾張藩ばかりが標的で、今回になって初めて一橋家を狙っている。しかもそれがまた読売に露見し、世間の知るところになる。この流れだけを見ても誰に利するかは解らないが、何か胸がざわざわするような、嫌な気がした。

「どうするんだ？」

慶司が読売を放りながら訊いた。

「俺たちも行こう」

慎太郎は力強く頷いた。

「行っても御曲輪内には入れないよ。それに他の火消が出ているなら、見つかっ

て連れ戻されてしまう」

やはり慎重な性格の藍助はためらっている。

「何か……誰かの手の上で、皆が踊らされている気がするんだ」

「誰かって？」

「解らねえ。甚兵衛かもしれないし、そうじゃねえかもしれねえ。だが火消に利することじゃない気がする」

「勘かよ」

慶司は小さく鼻を鳴らした。

「勘もあるだろうな」

「だが、俺も同じことを考えていた。何か黒い悪いもんが漂ってる気がするぜ」

やはり慶司にもこれといった理由はない。だが珍しくふたりの意見が合った。

「そいつの筋書きにとって俺たちは……」

「想定外……」

藍助は喉仏《のどぼとけ》を上下させた。

「ああ、行けって勘が言っている」

まだ藍助が何か言いたそうな顔をしているので、慎太郎はさらに続けた。

「心配ねえ。手柄を立てたいためじゃねえ。救える命があるなら救いたい。役に立ちたいだけだ。俺たちが邪魔者なら退く」

「解った」

藍助が小さく頷くと、慶司がぼそりと呟いた。

「手柄を立てたいためじゃねえ……か」

「お前を巻き込むために言ったが、それが俺の本心だ。すまねえな。嫌なら……」

「いや、これで退いたら男じゃねえ」

慶司はくいと片笑んだ。その様子を見て、惇太が戸惑いながら口を開いた。

「お前たち、本気か……」

どれだけ商いに励《はげ》もうが一瞬にして奪い去る。生業よりもっと大切な家族の命も消し去るのだ。江戸の者は火事の恐ろしさを嫌というほど解っている。変わり者の野次馬とて本当に危険になれば逃げる。わざわざ火事場の中に突っ込んでいくなど考えられないのだろう。ただそれは、一種の者を除いてである。

「俺たちは火消だ」

慎太郎が凜然と言うと、慶司は掌に拳を打ち付け、藍助は微笑みながら頷いた。千香はまた大きな溜息を宙に溶かしたが、やはり呆れながらも好ましげに見つめている。慎太郎は二人の仲間を交互に見て短く言い放った。

「行くぞ」

五

内記は目を通した書類を纏めると、受け取りに来るよう配下を呼んだ。姿を見せたのは栄三郎《えいざぶろう》である。

「お主がそのようなことをせずともよい」

栄三郎は正纏番《せいまといばん》を務めており、八重洲河岸定火消の五席、町人身分としては最も高い地位である。このような雑用は、普通当番の若い者がするものなのだ。

「今日は教練が休みですから。外に遊びに出た者も多いので。届けはきちんと出させています」

栄三郎はそう言うと、部屋に入って襖を閉めた。不測《ふそく》の事態が起こった時のため、八重洲河岸定火消では外に出る際、行先を届けさせていた。

「全てが外に出ている訳ではあるまい」

「まあ、しっかり眠らせてやろうと」

「全く。近頃の……」

「頭、それを言い出せば歳ですよ」

栄三郎は微笑みを浮かべながら文机の書類を受け取った。

「そうだな」

確かに若い頃、そのように言う年配者は多くいた。その時は疎《うと》ましく思ったものであるが、すでに己もそのような歳に足を踏み入れているのかもしれない。

「若い者と言えば……例のい組の慎太郎。め組の藍助。今も杳《よう》として足取りが摑めないとのことです」

「左様か」

二人が示し合わせて姿を消したと聞いたのは、尾張藩中屋敷の火事から数日後のことであった。

「諦めの悪さもよく似ている」

それを耳にした時、内記はそう呟いて舌を打った。慎太郎はい組の者であるが、思い浮かべたのは漣次ではない。どんな絶望的な状況でも諦めない。それだけでなく失敗を恐れずそれを口に出してしまう、とても呼ぶべきあの男のことである。実際、内記は腹のうちでそう揶揄《やゆ》していた。

――諦めないお化け。

内記は配下に向けて、

「あの小童二人を見かけたら報せよ《しら》」

と命じた。己の性格や、普段の振る舞いから訝《いぶか》しむ者もいたが、

「また唆《そそのか》したなどと言われれば迷惑千万《せんばん》故な」

と続けて吐き捨てたことで、納得したようであった。

実際、己はどこかおかしい。どうした訳かあの若造と接している時だけ、遥か昔に封じたはずの青い己が、何処かからひょっこりと顔を覗かせてしまうのだ。故に栄三郎は二人の足取りが知れぬことをわざわざ報告したのだろう。

「それにしても伊神様……いや、伊神が生きていたとは」

栄三郎は書類を一枚ずつ丁寧に重ねている。何か確かめているというよりは、こうして己と話す間を作りたいのかもしれない。

「まさかな」

この目で見るまで眉唾《まゆつば》で、誰かがその名を騙《かた》っているだけだと思っていた。こ

れこそが一度は慎太郎に力を貸すと言っておきながら、掌を返した訳であった。真に甚兵衛が下手人だとすれば危うすぎる。己が崇敬《すうけい》する兄靫負《ゆきえ》が生前、

——甚兵衛だけはものが違うからな。

と言っていたのをよく覚えている。そんな火に精通した男が火付けとなった脅威は、十八年前にも痛感している。あれを相手にするのは慎太郎には荷が重すぎた。他にも不安なことがある。

——伊神様は真に下手人か。

と、いうことである。女中を救い出したのは、人質にするため。そう考えれば一応の辻褄《つじつま》は合う。しかし娘を助けている間に、甚兵衛ならば逃げ遂《おお》せるのではないのか。そもそもあれほど手の込んだ仕掛けをしておいて、現場に留まっている訳はなんだ。

——何か裏があるのではないか。

内記はそう推察した。事件の大きさから、余程の大物が蠢動《しゆんどう》していると考えられるのだ。ならば猶更厄介で、とてもではないが慎太郎たちの手には負えまい。そしてそれを裏付けるようなことが起こった。

「松永は？」

「そちらも未だ行方は知れません」

直近、また同じ手口の火付けがあった。三日前のことである。その時、源吾が甚兵衛を連れて逃走し、姿を晦ましたままなのだ。尾張藩が私《わたくし》に制裁を加えようとしたため、いったん火事場から連れ出したとのことだが、どうも疑わしい。現場にいた与市らも協力した節《ふし》がある。やはり真実は他にあり、源吾らはそれを明るみに引き出そうとしているのではないか。

「何かあったらまた報せてくれ」

「はい。それにしても、今日はまた早いですな」

栄三郎は紙の山を纏め終えると言った。

「慣れよ」

書類に目を通すのがという意味である。頭になった頃は慣れぬことばかりで、雑務にも手間取り、夕刻まで時を要していた。しかし今では昼前には全てを終えられるようになっている。配下の成長と共に、一部の仕事を任せられるようになったのも大きいだろう。己という個としても、八重洲河岸定火消という全体としても、昔に比べれば成熟したものだと思う。

「では」

栄三郎は会釈して部屋を出ていった。内記は一息ついて庭を眺める。すっかり銀杏《いちょう》の葉は散り果てている。配下の者が掃き清めてくれており、地にも葉一つ落ちていなかった。

――真にそうなのか。

確かに火消としての名を上げた。八重洲河岸定火消も強靭となった。だが今の己は、若き日に思い描いていた火消像と随分とかけ離れたものとなっている。少なくとも兄靫負とは違う道を歩んでいるのは確かである。

「詮《せん》無いことだ」

内記はぽつんと呟《つぶや》いて自嘲《じちょう》気味に息を漏らした。十八年前のあの日、あの者たちと袂《たもと》を分かった時に覚悟を決めたはずなのだ。それなのに最近、妙に落ち着かないでいる。それはきっとあの若火消の中に、己がかつて持っていて今は失ったものが見えてしまったからだろう。

「頭！」

今しがた出て行ったばかりの栄三郎の声である。書類に不備でも見つかったのか。いや、声色《こわいろ》から察するにそうではない。何か慌てているようで、許しもなく襖を開け放った。

「如何《ど》うした」

「客人が。すぐに会わせろと」

「慎太郎か」

丁度考えていたからその名が口から出たが、すぐに違うと思い直した。慎太郎ならば栄三郎は客人などという呼び方はしないだろう。

「いえ、吾妻伴衛門《あがつまばんえもん》様です」

「何……」

己が留守の時のことも考え、主だった配下には、

——吾妻という男の名は覚えておけ。

と伝えてある。もっとも詳しいことは何も語ってはおらず、ごく稀《まれ》に訪ねて来る重要な客人とぼかしていた。

「すぐに通せ」

内記が命じると、暫くして栄三郎が案内してきた。まさしく吾妻伴衛門である。ただ前回までとちと様子が異なって見えた。顔に焦燥《しょうそう》の色が隠しきれていない。下がった栄三郎の跫音が遠のくのを待っている時、足の指を小刻みに動かしていた。

吾妻は腰を下ろすや、近くまでにじり寄ってきた。息が掛かるほどの距離である。内記は不快感を隠すこともなく冷たく言った。

「何だ」

「力を貸せ」

「用を言え」

「先に承諾を得ねば話せぬ」

「では帰れ」

内記が誰かを呼ぶために手を叩こうとすると、吾妻は片手を突き出して止めた。

「待て。言う」

「そうか」

内記は憫笑《びんしょう》した。思えばこの男とも長い付き合いになった。今では一橋公の配下となっているようだが、初めて会った時は別の家に仕《つか》えていた。吾妻はどこの家中か知られていないとでも思っていたようだが、

——酒井《さかい》ご老中だろう？　尾上又兵衛《おのえまたべえ》殿。

と、言った時には仰天していた。内記はこの男の来歴を追い、その本名まで調

べ上げたのだ。

酒井忠寄《ただより》という老中がおり、当時同じ老中職にあった松平武元《まつだいらたけちか》と激しい政争を繰り広げていた。

だがその酒井は松平との政争に敗れ、八年前に世を去っている。酒井家は生き残りを第一に考え、政争に纏わる家臣たちの口封じに乗り出した。危機を感じた吾妻こと尾上は逐電《ちくでん》し、そこを一橋家に拾われたのだろう。政《まつりごと》の黒い部分を担《にな》ったこの男を評価し、雇い入れているあたり、一橋も何か良からぬことをしているに違いない。

「前から言おうと思っていたが、その偽名は気に入っているのか？　何、住む家を変えても同じく使っているからな」

「そんなことはどうでもよい」

吾妻が焦《じ》れていることは明白。ならばさらに焦らしてやろうと考えた。感情を揺さぶれば本音も零しやすかろうし、何か弱みを口にするかもしれない。

「私は用があるのだがな」

「ええい、話すから聞け。上様からの頼みだ」

「将軍家か。それは大変だ」

「はて。上様といえば将軍ただ一人のはずだが。一橋家では公をそのように呼んでおられるのか。これは、これは……何と言いましょうか」

「違う。一橋公よ」

内記はにんまりと微笑むと、

──む、ほ、ん。

とは声には出さず、大袈裟《おおげさ》に唇だけを動かした。

「ち、違う。今のは拙者の言い間違えだ」

「そういうことにしておきますか」

十八年前、若い己はこの男に散々に翻弄されたが、今では対抗する手練手管《てれんてくだ》を覚え、一方的に押し切られることもない。むしろこちらが一枚上手になっている。もっともそれは己が擦《す》れたということを意味し、決して自慢出来ることでもない。

「本題を」

内記が手を滑らすと、吾妻は額の汗を拭って声を落とした。

「明日、当家が燃える」

「ほう。吾妻殿は火付けをなさると」

「嬲《なぶ》るな。詳しく話す」

吾妻は囁くようにして次第を話し始めた。

一橋は、伊神を利用して尾張藩を弱めようとしている。話を聞くうちに内記は半ば呆れてしまった。伊神と源吾の置かれた状況も窺い知れる。

「……すでに手口は考えていた」

それが例の爆発である。

──やはりそうか。

ほぼ己が考えていた通りだった。吾妻は己を信用していない。それなのにこうも簡単に話すのは、一つは余程追い詰められているということ。今一つは、

──すでに見破られたな。

ということである。火付盗賊改方か。いや江戸の火消、何となくではあるが新庄藩であろうと内記は感じた。

「故に続行したのだが……計画を知っている伊神が邪魔を」

伊神は逃走するに止まらず完全に造反した。一橋が狙っている尾張藩の者たちをたった一人で救おうとしたというのだ。

「……そうか」

「どうした？」

己はどのような顔をしているのか。吾妻は訝しげに眉間に皺を寄せる。

怒りと喜び。それが二つ巴《ともえ》の如く心を回る。

前者はそんなことの為に火を付けたのかということ、後者は闇に落ちた甚兵衛が光を取り戻そうと足掻《あが》いていること。幾ら汚れようともやはり己は火消なのだろう。それと同時に、きっと情に篤《あつ》く、涙もろい兄がここに居たら、号泣していたのではないかとふと考えてしまった。

「続けなされ」

内記はすっかり板についた笑みを取り戻して言った。

「その伊神が松永と消えた」

「聞いている」

源吾と田沼が陰で繫がっていることは、一橋もすでに知り得ている。このままだと新庄藩を通じ、田沼にことの真相が伝わってしまう。事実を隠蔽、証たる伊神を始末する必要がある。

「……何としても奴らを始末しなければならん」

吾妻は脂ぎった頰を引き攣らせた。やはり己に全てを吐露《とろ》するのは、かつてないほどの窮地に立たされているという証左であろう。問題は洗いざらい話してまで、己に何をさせたいのかということだ。

「明日、屋敷が燃えるというのは……私に火を付けろと？」

内記が笑みのまま低く尋ねると、吾妻は口を尖らせて素早く首を横に振った。

「いや、お主にそこまでさせては申し訳ない。火を付けるのは伊神甚兵衛だ」

吾妻は〝策〟を語った。先手を打って伊神甚兵衛を信じるに足らぬ男、幕府の敵に仕立てる。そのために一橋家は甚兵衛から火付けの予告をされたと、世間に予め噂を流す。さすれば甚兵衛は止めに来ようとするだろう。そこを天下の大悪人として葬り去ろうというものであった。

「伊神殿は現れますかな？」

一橋屋敷は曲輪の中。予告などすれば、幕府は凄まじい数の捕り方を駆り出すだろう。そんなところに姿を現すなど、飛んで火にいる夏の虫というものである。

吾妻はそこには自信があるようで、にたりと笑った。

「現れないならばそれでよし。一橋屋敷に火を付けると予告した時点で、もう伊神の証言は信じるに足らぬものとなる。それに伊神は必ずや現れる。実はな……」

伊神が交流していた桐生の百姓たちを一橋は甘言《かんげん》を用い、あるいは脅して一橋屋敷に連れて来て、押し込めているというのだ。

「ほう」

聞き終えた内記は、怒気を悟られぬように目を細めた。

「明日、読売が市井《しせい》に流れる。このようなものだ」

吾妻は懐から一枚の読売を出し、内記は目を通した。なるほど。これならば伊神には、一橋側が何を考えているか伝わりそうである。

「ようやく本題だ。お主が意地悪く言うから回りくどくなってしまったではないか」

吾妻は阿《おもね》るような笑みを浮かべ、改めて左右を確かめて言葉を継いだ。

「火を消さないで欲しい」

――常軌《じょうき》を逸《いっ》している。

人質を焼き、見殺しにしろと言うのか。

「火消にそれを言うか」

内記は思わず苦い息を漏らしたが、すぐに思い直した。この男には己は火消に見えていないのだろう。内記はさらに重ねて言った。

「だが私が止めずとも、誰か駆け付ける」

「いや、誰も来ない。曲輪は封鎖される。中にいる火消は八重洲河岸ただ一家……お主たちだけだ」

ようやく全貌が見えた。暫し無言の時が流れた後、内記は静かに口を開いた。

「土産《みやげ》くらい用意しているのだろう?」

「八重洲河岸を新たに『城火消《しろびけし》』とするお考えよ。これにより八重洲河岸は他の定火消七家の一段上となり、唯一無二となる」

「出来るのか」

「田安《たやす》卿、清水《しみず》卿と共に上申するとお約束だ」

吾妻はどうだと言うように眉を開いた。以前よりそのような構想はあったが、近衛《このえ》のような火消の存在は却《かえ》って他の定火消との軋轢《あつれき》を生むと棚上げされてきた。将軍の親戚である一橋家、さらに他の二家の御三卿が望むとあれば、あながち出来ないことではないだろう。

「火を放つのは明日の未《ひつじ》の刻(午後二時)」

こちらが無言でいるのを了承と捉え、吾妻は満足げに笑った。

「一つ訊きたい。何人だ」

「何人……とは？」

吾妻は何を問われたのか解らないようで首を捻った。

「蔵に閉じ込めたという者。桐生の百姓だ」

「ああ、それか。何人だったか……老若男女、二十はいたはずだがよく覚えていない」

「左様か」

吾妻が軽い調子で指を折るのに対し、内記は小さな溜息を漏らした。

「なるほど。人を死なせて咎められることを恐れているのか。それは心配ない。お主は適当に火を消そうとしている振りをしてくれればよい。所詮は百姓、罪にならぬ。それどころか城火消の必要性が余計に高まる」

吾妻は身振り手振りを交え饒舌《じょうぜつ》に話した。

「城火消か。悪くない」

「おお！　そうだろう。では頼むぞ」

吾妻が喜色《きしょく》を浮かべて言うのに対し、内記は微笑みで応じた。

城火消が出来れば御城は安泰《あんたい》。それどころか同列だった定火消を事実上差配《さはい》出来るようになる。凋落《ちょうらく》した定火消を改革することは、より多くの者を救えるだろう。見知らぬ百姓が二十余人。彼らは城火消成立の人柱《ひとばしら》と考えればよいのだろう。

第九章　大音《おおと》の男

一

御三卿《ごさんきょう》一橋家の屋敷は御城の北に位置する。南にある御殿山から目指せば、御曲輪《おくるわ》内へは日比谷《ひびや》御門より入ることになるが、その御門が閉ざされているのなら、東西どちらかから大回りせねばならない。西を行けば武家屋敷も多く、正体が露見《ろけん》した時にすぐに取り押さえられてしまう。故に京橋《きょうばし》、日本橋を越えて東から大回りに行くほうが余程《よほど》ましだと考えた。

「伊神様」

土橋《どばし》を渡り、寄合町《よりあいちょう》の辻に差し掛かった時、源吾は声を上げて後ろの甚兵衛を止めた。今も進む先で、町の寄り合いの帰りか人だかりが出来ていたのだ。

「こちらへ回りましょう」

一本筋を変え、山王町《さんのうちょう》を左手に見ながら北へと進んだが、暫《しばら》くしてまたすぐに足を止めた。

「駄目だ。こっちへ」

人気の店でもあるのか、先に長い行列が出来ている。それでまた通りを変える。

「きりがねえ。急がねえと……」

源吾は歯を食い縛《しば》った。ここまで出来るだけ人通りの少ないところを進んで来た。そのために普通に行くよりかなり時が掛かったが、誰にも怪しまれることなく来られた。だがここから先は江戸でも最も人の多く住む地。どの道を行ってもそれなりに人と出くわしてしまうのだ。

読売《よみうり》には本日の夕刻とだけ書いてあり、いつ一橋が自作自演で火を放つのかは解《わか》っていない。だが陽《ひ》は西に傾き始めており、それほど時が残されているとは思えなかった。

「源吾」

甚兵衛が呻《うめ》くように呼んだ。

「くそっ」

北西に薄《う》っすらと、一筋の煙が確かに上がっている。曲輪内で間違いなく、場所、距離から見て一橋屋敷と符合《ふごう》する。

「京橋でこれだ。日本橋になれば避けられまい」

「四の五の言っていても仕方ねえだろう」

「ああ、だから覚悟を決める」

「そりゃあ……」

「突っ切るぞ」

「やるしかねえか」

互いに頷《うなず》き合い同時に駆け始めた。行列の半分は煙に目を奪われており、残る半分がこちらを見たが、ただ火元に向かって二人の火消が駆けているとしか思わないのだろう。中には気張ってくれよと声を掛ける者もいる。

――いける。

行列から離れて、そう思ったのも束《つか》の間《ま》、背後の声を源吾の耳朶《じだ》は逃さなかった。

「おい……あれって。読売の男じゃねえか」

「馬鹿。火消だぞ」

「馬鹿はお前だ。火付けを予告した伊神甚兵衛は火消だ！　火傷《やけど》の痕《あと》もあったぞ！」

「そりゃあ大変だ！　お上に報《しら》せろ！」

群衆の中で、そのようなやり取りが交《か》わされていた。

「駄目だ。もう露見したぞ」

源吾は懸命に足を回しながら言った。

「読売の量は尋常ではないと和尚が言っていた。余程、噂《うわさ》になっているということだな」

「何を呑気《のんき》に」

「源吾、四の五の言っていても仕方ねえんだろう？」

「ああ、そうだ！　一気に行くぞ！」

京橋を二人で駆け抜けた時、すれ違う者の中からも疑う声が次々と上がった。そこに背後から追ってくる者が、

「そいつが火付けの下手人だぞ！　誰か捕まえろ！　御番所へ報せろ！」

と捲《まく》したてるように叫《さけ》ぶものだから、悲鳴、怒号《どごう》が渦巻《うずま》いて恐ろしい速度で伝播《でんぱ》していく。

「あれを捕まえれば仕官も叶いますぞ！」腕に自身のある職人風は自ら追いかけ、どこかの商人は浪人に、

などと焚《た》きつける。流石に女は捕まえようとしないが、代わりに、

「この外道《げどう》！」

と痛烈な罵声《ばせい》を浴《あ》びせた。赤子を負ぶった女房は、先の火事で心を痛めていたのだろう。

「あんたのせいで死んだ赤子がいるらしいじゃないか！　人でなし！」

と涙を浮かべて叫んだ。

「伊神様……」

「いい。俺は確かに外道。人でなしだ」

大学火事の下手人であることは決して消えない事実である。甚兵衛はそれをずっと背負って生きて来たのだ。眉《まゆ》一つ動かさず走る甚兵衛の横顔を見た時、また新たな声が上がった。

「ありゃあ、火喰鳥《ひくいどり》じゃねえか⁉」

「ああ、松永様だ！」

「どういうこった⁉　まさか松永様が手引きしていたのか？」

「確か松永様は伊神甚兵衛に憧れてたたって聞いたことがあるぞ……」

「おいおい、ぼろ鳶《とび》は何やってんだ！　こりゃあ、一大事だぞ‼」

すでに已の正体も露見している。甚兵衛が息を弾《はず》ませながら言った。

「すまない」

「心配ねえ。真実を明らかにする」

「それにしても、すっかり有名人らしいな」

「腐っても大関《おおぜき》だ」

番付を人に誇るなんて何時《いっ》ぶりのことだろう。源吾はこんな時にもかかわらず、思わず笑った。

「それに、ぼろ鳶……ってのは」

「どれだけ汚れても、みすぼらしくても、泥臭くても必ず命を救う。方角火消《ほうがくびけし》新庄藩。通称、ぼろ鳶さ」

「そうか。お前らしい」

巨漢の町人が体当たりして止めようとしてきた。甚兵衛はひらりと躱《かわ》すと、鳶口で首の後ろを殴打する。巨漢はどっと倒れて気を失ったらしい。甚兵衛は尾張柳生新陰流の達人でもあるのだ。

「流石。俺はそっちのほうはからっきしだからよ」

「鳥越の倅《せがれ》がいるだろう」

甚兵衛も新之助の剣技には瞠目《どうもく》したと寺で話していた。

「ああ、頼れる頭取並《とうどりなみ》だ」

「蔵之介が聞いたら泣いて喜ぶ」

このような状況でも、甚兵衛の口元が微《かす》かに緩《ゆる》んでいるのが解った。

日本橋を越えると人がさらに増える。噂というのは、人の足よりも遥かに速く駆け巡るらしく、

「あれを捕まえたら、お上からたんまりと褒美《ほうび》が出るらしいぞ！」

「仕官も思いのままらしい！」

などと無頼《ぶらい》の男や、身なりが悪い浪人が大挙して追いかけて来る。甚兵衛が鳶口で払い、源吾が遮った男に頭突きを見舞って道を切り開くこともあった。その間にも煙は色濃くなり、白かったのが灰色を帯びて濁《にご》り始めている。

「くそ！」

行く先、左右の道から人がさっと湧《わ》き出た。数は六人。何処《どこ》かのやくざ者らしい。逃れる道はなく、踵《きびす》を返そうとしたが、背後も知らぬ間に男たちに塞《ふさ》がれている。こちらは五人。

己たちが向かってくることを聞きつけ、待ち構えていたらしい。

「町中が敵だな……」

流石の甚兵衛も息を切らしている。

「だが諦めねえぞ」

「当然だ。ぶつかる直前で塀を上って商家の屋根を――」

甚兵衛が言いかけたその時である。前方を塞ぐ男たちから悲鳴が上がった。

「何だ！　お前！」

「邪魔するな！」

やくざ者の一人が、大八車《だいはちぐるま》に轢《ひ》かれた牛蛙《うしがえる》のように背を踏みつけられ、他の仲間が激しく怒号を飛ばしている。

「あれは……」

甚兵衛が目を凝《こ》らした。その異様さに驚くのも無理はない。踏みつけているのは見上げるほどの大男。それだけでなく隆々《りゅうりゅう》たる体躯に、見事な刺青《いれずみ》が彫《ほ》られている。

「辰一……卯之助の倅だ」

「卯之助さんのか」

「あいつに追われたら逃げられねえ」

両者を見ているからこそ解る。流石の甚兵衛でも個としては、辰一に敵《かな》わない。ましてや甚兵衛は五十路《いそじ》に入り、全盛期はとっくに過ぎているのだ。

如何にすべきか思案《しあん》した矢先である。地声が大きいからか、まだ距離があるのに辰一の声がはきと聞こえた。

「てめえらどこのもんだ」

「関係ねえだろう！」

やくざ者が腕を振りかぶるまでは見えた。だがその次の瞬間、宙を舞って壁に叩《たた》きつけられている。やくざ者たちは怯《ひる》んで囲みが大きくなる。人波が割れ、辰一はこちらに気付いたようである。

「松永ぁ!!」

辰一が大音声《だいおんじょう》で叫んだ。大気が震えたのではないかというほどで、まさしく龍の咆哮《ほうこう》を彷彿《ほうふつ》とさせる。周囲のやくざ者たちはぎょっと仰《の》け反《ぞ》り、野次馬の中には両耳を塞いで顔を顰《しか》める者もいた。

「そこにいやがったか。捜したぞ」

続けた辰一の一言で、この男も己たちを捕まえて名を上げようとしているのだと疑わなかった。

「辰一！　邪魔するな――」

「一橋屋敷まで行くぞ！」

「何⁉」

辰一は何かを放り投げるような仕草《しぐさ》をした。手招きのつもりなのだろうが、丸太のような腕のため豪快過ぎる。意味が解らず源吾が素《す》っ頓狂《とんきょう》な声を上げた時、やくざ者の一人が叫んだ。

「こいつも仲間だ！　こっちは数がいるんだ。畳んじまえ‼」

周囲の男たちが、一斉に辰一に向かった。

「ご愁傷様《しゅうしょうさま》」

源吾が苦笑した時には、早くも無頼漢の一人が宙を舞っていた。腕を摑まれて放り投げられたのだ。それで済まないのが辰一の異様なところ。二人目を鉄拳で沈めると、落ちる直前の一人目に鞭《むち》のような回し蹴りを見舞った。蹴られた男は壁に激突して泡を吹いている。

「何だ、ありゃ……」

甚兵衛も辰一の人外《じんがい》の強さに絶句している。

「最強の町火消さ」

その時には三人目が脾腹《ひばら》に、四人目が鼻っ柱に拳を受け、地に転がって悶絶《もんぜつ》している。あっという間に仲間を倒され、残るは叫んでいた頭格のみ。源吾らは辰一の脇にまで来て足を止めた。

「会合にも出なかったくせに、どういう風の吹き回しだ」

「うるせえ。頼まれたんだよ」

「どういうこった……？」

源吾が眉間《みけん》に皺《しわ》を寄せて尋ねるが、辰一は答えずに顎《あご》をしゃくった。

「下がってろ」

背後を塞いでいた五人が追い付いて来た。中に寅次郎の如《ご》き巨漢が混じっていることに気付いた。その身丈は辰一にも見劣りせず、躰の大きさはそれ以上である。力士崩れの用心棒《ようじんぼう》なども多いがその類《たぐい》だろう。それに残った頭格を合わせて六人。

「俺も……」

「邪魔なんだよ」

源吾が立ち向かおうとするのを手で制し、辰一は一歩踏み出して一人で対峙した。

「ば、化け物め！　やれ！」

新たに五人が一斉に向かって来た。

一閃。辰一の右腕が一人目の顎を貫いて、案山子《かかし》のように頽《くずお》れる。二人目は薙《な》ぎ払った左腕で吹き飛ばされた。三人目は両腕を寄せて構え躰を守ったが、辰一の前では紙の楯《たて》である。腕が折れたのだろう。鈍《にぶ》い音を発して悲鳴を上げる。四人目の頭を鷲摑《わしづか》みにし、痛烈な膝《ひざ》蹴りをくらわせた直後、辰一の躰が横に吹っ飛んだ。巨漢が体当たりを見舞ったのだ。

「いいぞ、隈之山《くまのやま》！」

頭格が破顔《はがん》して言った。四股名《しこな》のようだ。やはり力士崩れであろう。

「腕に覚えがあるようだが、所詮は素人よ」

地を横滑りする辰一だったが、手を突いて踏み止まる。そこに隈之山と呼ばれた男は走り込み、強烈な張り手を繰り出した。辰一は全身の力を抜いたように膝を曲げて掻《か》い潜《くぐ》り、唸《うな》る鉄拳を腹に打ち込んだ。

「効かねえな」

しかし隈之山はにたりと笑い、両の拳を結んで辰一の頭に振り下ろした。辰一は先ほどまでとは打って変わり、左手ではたくようにいなし、流れるように足を動かして躱した。剛健なだけでなく柔軟であるのがこの男の凄さである。

「肉達磨《にくだるま》め」

「顔を狙うか？」

隈之山は顔を太い両腕で覆うようにして笑った。

「いいや」

辰一は言うや否《いな》や、素早く塀によじ登った。

「逃がすか！」

「逃げるなら放っておけ。こっちが狙いだ」

「おい、辰一！」

隈之山、頭格、源吾の声が同時に重なった。辰一はすでに桟瓦《さんがわら》の上で身を翻しており、

「誰が逃げるか」

と呟くや、高く舞い上がった。逃げると見せかけての飛び蹴り、と誰もがそう思ったであろう。

隈之山も咄嗟《とっさ》に両手を顔の前に突き出して守ろうとする。が、辰一の両脚は、隈之山の肩の上に降った。そして刹那《せつな》で首へと絡《から》みつく。肩車の反対のような形

である。辰一は上体を勢いよく反らせた。振り子のように頭が地に近づき、隈之山の股《また》を潜る。次の瞬間、振り回されるように旋回した隈之山の頭が真っ逆さまに地に突き刺さっていた。

「何だ、そりゃ」

見たこともない派手な大技に、源吾は苦く笑うことしか出来なかった。

「手間取らせやがって」

辰一が立ち上がると、逆さまだった隈之山の巨軀が横にどさりと倒れた。白目を剝いて気絶している。それを見た頭格は無様《ぶざま》なほどわなわなと震え、仲間を残して一目散《いちもくさん》に逃げ出した。

「辰一……」

「あ？」

辰一は手を払いながら睨みつける。

「お前、本当に化け物だな。絶対に人じゃねえ」

「うるせえ。行くぞ」

三人で日本橋の賑《にぎ》わいの中を駆け抜ける。これまでと様相が大きく変わった。

噂はもちろん届いており、甚兵衛が読売の男だと気付く者が多数いるのは変わら

ないのだが、

「辰一だ……何で……」

「あんなもん手を出せるか！　死ぬぞ！」

「松永様に加え、辰一まで……江戸の火消はどうなってんだ⁉」

と、恐れおののいて誰も手出ししようとしないのだ。

「お前、何で助けた」

先ほどは話が中断してしまったので、源吾は走りながら改めて尋ねた。

「親父だけならまだしも、二人、三人と頼みやがって」

辰一は歯を剝き出して頭を掻きむしった。

まず先日、卯之助が様子見に訪ねて来た辰一に対し、

――なあ、辰一。やり残したことがある。俺のけつを拭《ふ》いてくれねえか。

と、大学火事のあらましを語った上、源吾が関連のありそうな此度《こたび》の事件を追っていること。何かあった時は己の代わりに力になってやって欲しいと頭を下げたらしい。辰一も卯之助相手では無下《むげ》に断ることも出来ず、機会があればと曖昧に答えたという。

二人目というのは秋仁。つい三日前に訪ねて来た。また喧嘩でも吹っ掛けてく

るのかと思ったが、秋仁は、

——俺たちが舐《な》められてる。

まずそう切り出した。これまでの経緯を教え、源吾が甚兵衛を連れて潜伏しているとは思えないこと。お上に真実を訴えるように動いているが、敵も指を咥《くわ》えていることは思えないこと。何かあった時は力を貸して欲しい。

——それで快くお前に負けを認められる。

秋仁はまだ青痣《あおあざ》の残る顔でからりと笑ったという。

そして最後の三人目は、源吾らがここ数日身を寄せていた寺の和尚《おしよう》、湛観である。

「和尚はお前を……」

湛観は己たちが隠れながら進んで時を食っている間に、辰一の元へと駆け込んだらしく、

——辰一さん！　助けて下さい！

と、助けを請《こ》うた。己にとって最高の火消は辰一。今一度、今一度だけ助けてくれと懸命に訴えたという。

「それで、くそ重い腰を？」

源吾が訊くと、辰一は苦々しく返した。

「親父、段吉が出て来ちゃあな。秋仁は余計だ」

「案外《あんがい》、義理堅いもんな」

源吾が揶揄《からか》うように言うと、辰一は大袈裟に舌打ちをした。

「黙れ。それにあの馬鹿も来そうだ」

「あの馬鹿？」

辰一いわく、慶司も数日前から姿を消しているらしい。慶司は謹慎を命じられ、見張りに数人の火消を付けていた。だが、つけの催促の文を読むなり、彼らを振り払って何処かに消えてしまったというのだ。確かとは言えないが、同期で同じく姿を消している、い組の慎太郎が一枚嚙《か》んでいるのではないかと宗助は推察していたらしい。

「全く……どいつもこいつも」

源吾は呆れ交じりに溜息をついた。

「二、三十発ぶん殴って連れ戻してやる」

「死んじまうぞ」

「そんなやわな奴か」

「へえ」

「うるせえ」

「何も言ってねえ」

「言いそうな面してるからだ。口動かさねえで、足動かせ。てめえが一番遅い」

辰一は吐き捨てるとさらに足を速めた。

「火消ってやつは何も変わっていねえようだな」

二人のやり取りを聞いていた甚兵衛はふっと息を漏らした。

「ああ、残念なことにな」

源吾は軽口を返して、前を行く辰一の大きな背を見つめた。

敵ではないが友でもない。ただこの十八年、己の信じた道を走り続け、今回がたまたま同じ方向に走っているというだけである。だがそれでいい。愚かしくも美しい火消とはそのようなもの。

源吾は小さく笑い、強く地を蹴り飛ばした。

二

本郷《ほんごう》の加賀藩上屋敷にある講堂にて勘九郎は切絵図を眺めていた。十日余り前、進展しない事態を打破《だは》するため、松永源吾から、

——伊神を捕まえて訊《き》きただす。

と持ち掛けられた時、流石の己も吃驚《きっきょう》して声を失った。

だが、すぐに止められぬと悟り、承《うけたまわ》ったと返答した訳である。十八年前と異なり、皆がそれぞれの立場というものを持っている。そのせいで却《かえ》って動きづらくなっていることも多く、勘九郎もこの間苛立《いらだ》ちを覚えていた。源吾もまた同じだったのだろう。その中でこれを言い出すとは、いよいよ相当な覚悟と見た。

「腹を括《くく》った奴を止められる者はおるまい」

そして源吾は言葉の通り、先の火事場において甚兵衛と共に失踪した。とある寺に潜伏しており、秋仁の知人とだけ連絡を取っている。その内容は秋仁から己にも届いている。

——やはり伊神様は下手人ではなかった。

とのことである。文でもなく、口伝えであるが、源吾の喜色《きしょく》が手に取るように感じられた。

だが喜んでばかりもいられない。甚兵衛の口から聞けたのは、裏で渦巻《うずま》いていた禍々《まがまが》しい所業。そして黒幕たる途方《とほう》もない大物の名であった。

勘九郎は兵馬だけには次第を告げて相談した。

「大頭の存念《ぞんねん》は如何に」

片目の潰れた兵馬は、身を少し斜にして低く尋ねた。

「我々は火を消すだけ。それをとやかく言われる筋合いはない。たとえ相手が将軍の親戚であろうがな……」

「それでこそ大音の男かと」

「しかし下手《へた》をすれば加賀が吹き飛ぶ」

「飛びませぬし、飛ばせませぬ。必要とあれば拙者も共に腹を切ります」

「俺もなのだな」

「当然」

兵馬が顔色一つ変えず答えたことで、心に占《し》めていた迷いが一気に霧散《むさん》して楽になった。

甚兵衛が下手人ではないと解ったものの、次の火事が起こらないとも限らない。いや、むしろ黒幕が何らかの手を打ってくることは容易に予想出来た。故にいつでも出動出来るように常に支度している。

「何かあればすぐに走ります故、一度、帰ってお休みになられては？」

四番組頭の福永《ふくなが》矢柄《やがら》が皆に聞こえぬように囁き掛けてきた。流石に疲れの色が浮かんでいるのだろう。頬を撫でれば肌の張りが失われていることに気付く。

「いや、構わぬ」

「差し出がましいとは思いますが……お琳《りん》様のお顔も随分《ずいぶん》と見ておられず心配なさっているのでは」

「琳も、大音の家に生まれた覚悟は出来ておる」

勘九郎が切絵図に視線を落としたまま答えると、矢柄もそれ以上言葉を継ぐことはなかった。

その時である。見廻りに出ていた牙八《きばはち》が、血相《けっそう》を変えて駆け戻って来た。

「大頭！　これを！」

牙八が一枚の紙を差し出す。兵馬が受け取り、さっと目を通すとこちらに手渡した。

「これは……兵馬！」

「はっ」

兵馬は即応すると、講堂に響く声で指示を出す。

「非番の二、三、五、七番組を参集させて留守居に。状況に応じて伝令に後詰めに走らせる。ただし手負いの仙助には無理をさせぬように」

兵馬はそこで一拍空け、さらに鋭く言い放った。

「一、四、六、八番組は押し出すぞ！」

皆が弾かれたように一斉に支度に動き出す。

「竜吐水を全て出すぞ！」

矢柄が続いて配下に指図し、百を数えるまでもなく支度が整った。派手がましいことばかりが取り沙汰されるが、これこそが加賀鳶の真骨頂《しんこっちょう》。弛《たゆ》むことない訓練の賜物《たまもの》である。

愛馬「泉国《せんごく》」が曳《ひ》かれて来て、勘九郎は馬上の人になると、無言で指揮棒を振るった。一糸乱れず、加賀鳶の半数二百余が上屋敷から飛び出した。

往来を行き交う人は、何処かで火事が起こったのかと訝しんでいる。が、太鼓や半鐘《はんしょう》が鳴っていないことから首を捻っていた。まだ何処にも火は出ていない。だが牙八の持って来た読売に書かれていたことは、決して見過ごせることではなかった。

勘九郎は、同じく馬で並走する兵馬に向けて言った。

「加賀が出たと伝えてくれ」

「い組、よ組、に組、仁正寺藩、そして……ぼろ鳶ですな」

「左様」

「承知」

短いやり取りの後、兵馬は手綱《たづな》を引き絞り、集団の先へと疾駆《しっく》していった。

加賀藩火消はひと時も休むことなく走り、まさしくその名を冠した一橋御門に辿り着いたのは四半刻後のことであった。途中、田安御門や清水御門もそうであったが、いつもは数人であるはず門番が今日は十数人と増えている。読売を呼んで駆け付けたのだろう。まだ実際に火事が起こった訳でもないのに、早くもちらほらと野次馬まで集まっていた。彼らはこちらの姿を認めると、

「流石、加賀鳶だ！」

と、喝采《かっさい》で迎え入れる。勘九郎は馬から下りると、緊張に顔を強張《こわば》らせる門番に近づいていった。

「加賀中納言《ちゆうなごん》家臣、大音勘九郎厚盛《あつもり》。一橋様御屋敷に火付けの予告があったと聞き、馳《は》せ参じました。火を消すのには些《いささ》か自信がござる。後詰めさせて頂きたい」

「ならぬ。下手人が紛れ込むことも考えられる故、固く門を閉じろと命を受けている」

最も年嵩の門番が毅然《きぜん》とした態度で答えた。この門を預かっているという矜持《きようじ》が垣間《かいま》見えた。

十八年前と同じだった。ここで己が退く訳にはいかない。きっと父も同じことを考えただろう。勘九郎はさらに一歩踏み出すと、丹田《たんでん》に力を込めて低く言った。

「我らの中に下手人がいると？」

「そうは申しておらぬが、紛れ込んでいないかどうかは確かめようがない」

「貴殿に見覚えがあります」

勘九郎は少し間を空けて言った。長く火消をやっていれば、城の近くで消火をすることもある。古い門番ならば一度や二度は会っていても不思議ではない。

「覚えていただいて光栄でござる。もちろん、貴公のことは存じ上げております」

「ならば拙者が大音勘九郎であることは承知のはず。拙者一人でも入らせて頂けぬか」

「何人《なんぴと》たりとも入れる訳にはいかぬ。それにまだ真に火事があった訳ではない」

「ならば火が付けば通して頂けるということですな」

「それも罷《まか》りならぬ、即《すなわ》ち火が付けば下手人が中に入ったということ。今度は逃がさぬために門を守らねばならない」

「火が付いてからでは遅いのだ。今日はこの季節にしては珍しい南風。一度燃え上がれば、城から飛んだ火の粉が町へと降り注ぐ」

「あくまでそれは真に火付けがあればということ。お引き取り下され」

話が堂々巡りである。恐らく火消が来ても追い返せと指図されているのだろう。この年嵩の門番は予《あらかじ》め問答を用意しているように感じた。

「御託《ごたく》を……」

勘九郎は鼻を鳴らして身を翻すと、配下の者たちに向けて高らかに命じた。

「我らの中に下手人が紛れ込んでいると仰《おお》せだ。言語道断《ごんごどうだん》である。門を破って中へ入るぞ！」

「待て！　公儀への謀叛《むほん》となるぞ！」

　この展開は予想していなかったのだろう。門番は狼狽《ろうばい》して止めた。

「申し開きは後にする。一橋公のお命を守るのだ」

「待って下され！」

「待てぬ」

「せめてことの真偽が明らかになるまでは――」

「つまり火が付けば押し通って構わぬと」

「それは……」

「委細《いさい》承った。ここにて万が一に備えさせていただく」

　勘九郎はさっさと話を切り上げ、近くで待機するよう配下に命じた。ここらが落としどころだろうと端《はな》から考えていたのだ。

　自身は床几《しょうぎ》を据えさせて座り、門から目を離さず見つめ続けた。門番は苦渋《くじゅう》の色を浮かべていた。

　四半刻（約三十分）すると仁正寺藩、さらにそれから暫くして「い組」、大人数を引き連れた「よ組」、続いて副頭の宗助が率《ひき》いる「に組」が、続々と一橋御門の前に集まって来た。その数はすでに七百を超えた。

「大音殿……」

先程の門番が近づいて来た。

「何か」

「これは……」

門番は数の増えた火消たちを見渡した。町火消の鳶などは、今から喧嘩でも始めるかのように、柄《がら》の悪い目つきで睨んでいるのだ。

「我ら加賀と同じ志《こころざし》の者たちでござろう。皆、一橋公の御身を案じているのです」

「しかしこの人数は多過ぎる」

いつの間にか門番の口調に諦めの色が浮かんでいた。一方、何の手も打っていない訳でもない。若い者を走らせたのを見ていた。一橋御門の前に火消が終結していることを報せたのだろう。時を追うごとに門を守る人数も増えている。一《いっ》触即発《しょくそくはつ》。戦が始まる前のような緊張がずっと続いている。

「加賀鳶は府下最強と呼ばれている」

「聞き及んでおります」

勘九郎が憚《はばか》ることなく自慢したと思ったのだろう。門番はやや鼻白んだような返事をした。

「何が最強だ。昨年だけでも止められなかった火事は三つ……七人の者を救えなかった」

不甲斐《ふがい》なさが込み上げて来て声が低く震えた。年嵩の門番が息を呑《の》む中、勘九郎は言葉を継いだ。

「炎を侮《あなど》ってはなりませぬ。奴らが猛威《もうい》をふるった時、我らとて敗れてしまう」

「ならば猶更《なおさら》——」

「それでも抗《あらが》う。負けると知っても抗う。それが火消……幾らいてもよい。七百の命を懸けて一橋公、江戸の民を救う覚悟でござる」

勘九郎が凜乎《りんこ》として言った。

「そして今、一家……」

砂塵《さじん》を舞い上げて向かってくる一団を、視野の端に捉えていた。

藍地の火消羽織と半纏。新調して美しかったのも束の間。たった二年ほどで落ちぬ汚れにくすんでいる。だが恥じることではない。それこそが如何に火消として修羅場《しゅらば》に向き合ってきたかという証といえよう。

さらに増えた野次馬たちもその姿に気付いたらしく、これまで駆け付けた火消たち以上の歓声で迎える。

「ぼろ鳶だー!!」

誰かが口にした時、野次馬たちの喝采は最高潮を迎えた。初め蔑《さげす》みから生まれたその名は、いつの間にか不思議な魅力を帯《お》び始めている。彼の者たちならば、何か仕出かしてくれるのではないかという期待である。

「大音様！　遅くなりました！」

鳥越新之助が馬から下りて駆け寄って来る。

「いや、十分だ」

距離からして最後に現れるのはここだと思っていた。むしろ早すぎる到着である。相当な訓練を積んでいることが窺《うかが》え、己たちもうかうかしていられないと思う。

「どのような次第で？」

訊く新之助に対し、矢柄がこれまでのことを流暢《りゅうちょう》に伝えた。

「なるほど。よし、打ち破って入りましょうか」

新之助が軽い調子で言った時、それでこそぼろ鳶と、野次馬からやんやと歓声が起こった。門番たちは顔を引き攣らせて身構える。

「馬鹿者。お主聞いていたのか。折角《せっかく》、大頭が上手く、適度な塩梅《あんばい》を見計らって交渉を進めたのだ。今の段階でそれをすれば真に、むほっ——」

勘九郎はさっと手を横にやって矢柄の口を押さえた。語尾がまるで猿の鳴き声のようになったのが可笑《おか》しかったか、新之助はくすりと笑う。

「お主は話し過ぎだ。だが鳥越、まだだ。方々は火が付けば入ることをお許し下さった。それを待つ」

「承知いたしました」

新之助は逆らうことなく頷く。

「そのようなことは一言も——」

「何か」

口を挟もうとする門番を、勘九郎はぴしゃりと遮って続けた。

「万が一、火事が起これば我らは入る。覚悟召されよ」

桐生の民が一橋邸を守っていると読売にあった。源吾から伝わってきている話だと、甚兵衛が十八年の時を過ごしたのは桐生であり、その地の人々とも温かな交流があったという。恐らく一橋はそれを人質にし、甚兵衛を追い詰めて抹殺しようとしている。そうでなくとも甚兵衛を完全に下手人に仕立て、その言葉は信じるに足らぬと貶《おとし》めるつもりであろう。

これほど強引な手法をとるとは、一橋はかなり追い詰められている。裏を返せば、

――追い詰めている者がいる。

ということ。これまでの流れから見るに、老中田沼意次であろう。火事が起こったから城に踏み込んだという事実さえあれば、田沼は一橋を追い落とすためにも全力で擁護してくれると踏んだ。

いや、突き詰めれば政のことはどうでもよい。炎を弄《もてあそ》び、人の命を蔑《ないがし》ろにする輩《やから》を何人たりとも、

「赦《ゆる》さぬ」

勘九郎は腹の底から絞るように呟いた。

じりじりと向き合う時が続く。初めは揚々《ようよう》としていた野次馬も、何も起こらないのかと退屈し始め、一人、また一人と離れていき、半数ほどになった未《ひつじ》の刻。ついに曲輪の中から一筋の煙が上がった。

「来たぞ！」

勘九郎は床几から立ち上がった。門番たちは固く守れと命じられているだけ

で、それ以上は知らされておらず唖然として煙を見上げていた。

「推して参る」

勘九郎がつかつかと歩を進めると、門番たちも我に返り六尺棒を構えた。

年嵩の門番が意を決したかのように、こちらに一歩踏み出した。

「なりませぬ」

「この事件には裏に大きなものが潜んでいるのだ。お主らが通したとは言わぬ。頼む」

「火消の矜持は解ったつもりです……ただ、我らも城を守るのが使命でございます」

「互いに辛いな」

「いかさま」

門番は笑いながら目尻を下げて頷いた。

「ならば我らも全力で行く。火消法度《はっと》の三項。火元に向かう火消を、何人たりとも邪魔すること罷《まか》り成らん。行くぞ‼」

勘九郎が指揮棒を振ると、七百を超える火消たちが一斉に動き始めた。

「出会え‼　門を死守せよ。幕命ぞ！」

こちらに悟られぬように人数を集めていたのだ。呼び声と同時、脇門からわらわらと人が湧き出て来た。

「いけいけ、に組！」

脇門が開いている間に、中に押し入れば閂《かんぬき》を外せる。そう考えた漣次が捲《まく》したてる。

「自分のところの鳶を動かして下せえよ」

宗助が呆れたように苦笑した。

「荒事はてめえらの十八番だろうが」

「そうですけどね……聞いたろう。越えて行けや！　根性見せなきゃ、御頭にぶっ殺されるぞ！」

宗助が顔を引き締めて叫ぶと同時、に組の鳶が奇声を上げて突っ込んだ。腕に覚えのある武士たち相手にも怯むことはない。六尺棒で殴られても、突かれても、何人かが人波をよじ登って、頭や肩を踏んづけ、あるいは泳ぐように進む。

「一度、脇門を閉めよ！」

「させるかよ！」

脇門まで一間（約一・八メートル）ほどに迫った、に組の鳶が跳躍したが、複数の六尺棒で蚊を叩くように落とされた。

「おい、あれ！」

門番の一人が指差した。濠《ほり》に飛び込んで泳いでいる者が数人。縞《しま》模様の半纏。い組の鳶である。

「宗助、引き付けご苦労さん！」

漣次は呵々《かか》と笑ったが、さっと頬を引き締めると配下に向けて叫んだ。

「てめえら、石垣に貼り付け！」

濠を泳いだ鳶は石垣に取り付いた。切込接《はぎ》の隙間ない石垣のため、百戦錬磨の鳶たちも苦戦しているようで、少しずつしか登れない。

「おい、登っているぞ！」

呼びかけに応じ、塀の向こうからにゅっと人影が現れた。これもすでに想定していたのだろう。棒を下に突き出した。こちらは六尺どころではない。長さは一丈（約三メートル）を遥かに超え、穂先が付いていないだけで長槍《ながやり》の如きものである。い組の鳶は上から頭を突かれ、一人、また一人と濠に落ちてしまう。

まるで戦のような光景である。泰平《たいへい》の世にこんなものは見れないと、一度は減った野次馬もどんどん集まって来て、辺りは凄まじい熱気に包まれた。

「大音様！　雉子橋《きじばし》、神田橋、両方とも駄目だ！」

秋仁がこちらに向けて首を振った。一橋御門から突破せねばならないという訳ではない。こちらに引き付けておき、東西の近い門から入ろうと試み、大人数のよ組を向かわせていた。だが向こうもぬかりなくしっかり固めているという。

「正面から行く。怪我はさせるな。我らは戦をしているのではない。一橋公をお救い申し上げるのだ！」

野次馬にも聞こえるように、勘九郎は改めて大義名分を掲《かか》げた。煙はどんどん色濃くなり、白に黒が混じり始めている。この色に変われば炎が立つのも遠くない。

「あれでも入れぬというのか⁉」

勘九郎が叫ぶと、守る門番たちは口々に、

「八重洲河岸定火消が応じる！」

と、その言葉しか知らぬ鸚鵡《おうむ》の如く返してくる。

「八重洲河岸……進藤は何をしているのだ！」

図らずも言われて気が付いた。八重洲河岸定火消屋敷から一橋屋敷は目と鼻の先。駆け付けていないとは考え難い。今の段階ならば建屋を燃やさずに始末することが出来る。素人目《しろうとめ》には解らないだろうが、水を掛ければ煙の色が若干変わり、水気を含んで大気に揺らぎが生まれる。だがあの煙を見ている限り、何ら手を打っていないのは明白である。

「大音様、この後、みるみる風が強くなります」

深刻な顔で進言してきたのは、府下一の風読み、新庄藩の加持星十郎である。

「火の粉が立てば何処まで飛ぶ」

「小石川《こいしかわ》、本郷辺りまで」

本郷の加賀藩上屋敷の周りに住まう人々の顔が浮かび、勘九郎は歯を食い縛った。

「埒《らち》があかぬ。何か……」

「い組の漣次殿、当家纏番の彦弥を左右に分け登らせましょう」

「よし。その手で行く。漣次――」

漣次を呼ぼうとした瞬間である。同じく新庄藩の新之助が駆け寄って来た。

「大音様！　あれを！」

新之助が指し示す先に鳶が三人。濠を超える長さがないため、使わず立て掛けてあったはずの梯子《はしご》を使っている。一方の端を地に付け、小柄な一人が押さえて斜めに立て、途中を今一人の屈強な者が両肩に載せて支えていた。丁度、梯子の桟の間から顔を出したような恰好である。梯子の一方の端はやはり向こう側に届いていない。

最後の一人が少し離れる。助走の距離を取っているのだ。斜めになった梯子を駆けのぼり、跳躍して塀に摑まり中に入るつもりである。

「その手があったか」

「違うんです！　あれは、め組の藍助、に組の慶司……い組の慎太郎です！」

「あいつらとつるんでたのか！」

配下を鼓舞していた宗助もこちらに気付き、項《うなじ》を搔きむしった。

「若鳶か」

勘九郎は三人の元へと走った。初めに気付いたのは藍助で、ぎょっとした顔で慎太郎を急かす。が、こちらのほうが早かった。

「何をしている。ここは貴様らの来るところではない！」

勘九郎は駆け寄るなり叱責《しっせき》した。藍助は一瞬顔を顰めたものの、唇《くちびる》を結んでじっと見つめる。慶司は不満げに睨みつけていた。そして今一人、助走のために離れていた慎太郎がゆっくりと近づいて来た。

「ここじゃねえなら何処なんです」

「何……」

「火消がここに来ねえで、どこに行けばいいんですか！」

慎太郎は怯えを振り払うように鋭く言い放った。

「手柄に逸《はや》るな。お主らはこれからいくらでも――」

「手柄なんかどうでもいい！　今なら胸を張って言えます」

慎太郎は真っすぐな目で見つめ、勘九郎もまたその目の奥を覗き返した。先に視線を切ったのは慎太郎。刻々と勢いを増す煙を一瞥して言った。

「逃げ遅れている人はいるんですか」

「ああ、恐らくは二十余の百姓がいる」

「大音様！」

新之助が止めようとするのを、勘九郎はすっと手を出して制し、慎太郎を見据えながら訊いた。

「ならば何だ」

「今助けを求めている人を見捨てる火消に、これから先、苦しんでいる人は救えるはずがねえ！　俺はそう思います」

一瞬の間を、火消、門番の怒声、野次馬の歓声が埋めた。心からの言葉に加え、己に意見するのは余程気力を要したのだろう。慎太郎の手は震え、目には微かに潤《うる》みも見られた。

──父上。

勘九郎は天を見上げ、心中で呼びかけた。すると己でも思いがけない一言が口から漏れた。

「ああ、そうだな」

「えっ……」

「やれるか。ただ腹を括る必要がある」

「とっくに括っています」

「よし。これで行く」

勘九郎は構えられた梯子に向け、顎をしゃくった。

「いいので？」

自分たちでも上手くいくか自信がなかったのだろう。慎太郎は戸惑いながら訊いた。

「良き策だ。ただ二番煎《せん》じだがな」

「そりゃあどういう……」

「いつか話す」

梯子を使ったこのやり方は、かつて十八年前に己たちが使ったものである。示し合わせたかのように若鳶が同じ手を考え、一方の己はすっかり失念していた。彼らはやってみなければ解らないという剝き出しの情熱を宿しているのに対し、己は無意識のうちに無茶と断じるだけ分別《ふんべつ》がついてしまったということだろう。

「お主らはどうする？　行くならば我らが梯子を支えてやる」

勘九郎の問いに、慶司が即答した。

「話が解るおっさんだ。当然、行ってやらあ」

「馬鹿、口が悪すぎだ」

そう咎める新之助もつい三年ほど前は、己に向かって減らず口を利いていた。火消はこうして育ち、次の世代を育んでいくのだと改めて思い知らされる。

「俺もそんな歳ということよ。よかろう」

勘九郎は軽く鼻を鳴らし、次は藍助に向けて尋ねた。

「お主は無理をするな。死ぬかもしれぬ」

藍助は俯《うつむ》いて足を震わせていた。火を見る目に長《た》けているとは聞いていたが、確か鳶市でも最下位の成績だったと記憶している。

「私は……」

藍助はさっと顔を上げて凛然《りんぜん》と言った。

「私も火消です」

「よし。ならば、行け」

「いいんですか……俺たちで？」

慎太郎は恐る恐る尋ねた。策は採用したとしても、若い鳶をこのまま行かせることを不思議に思ったらしい。

「古き者の知恵でもどうにもならぬ苦難に直面した時、打ち破るのはいつの世も若き力よ」

きょとんとする三人に向け、勘九郎は頰を緩めて続けた。

「受け売りだがな。頼むぞ」

慎太郎は凜と頷き、藍助は目に涙を浮かべ、慶司はからりと笑って拳を掌に打ち付けた。

「鳥越、頼めるか」

「解りましたよ。結構、二人って似ているんだよなあ……」

新之助はぶつくさ言いながら皆を呼びに行った。

未だに橋の上では二つの人波がぶつかり、渦の如くなっている中、漣次、秋仁、宗助を含めて額を合わせた。全てを手短に説明すると、皆が若鳶を見て一様に苦笑する。だが誰一人として止めようとしなかった。己の心中を察したこともあるが、確かに状況を打破しなければならぬことも銘々《めいめい》解っているのだ。曲輪内で何も知らぬ慎太郎たちが伊神甚兵衛の姿を探してもややこしい。他に下手人は存在すること。その真の下手人が罪を着せるために火を放ったことを伝えた上、

「乗り込んで門を取り払うのだ」

と、勘九郎は低く言った。

「解りました」

慎太郎がすぐに答える。

「開ければすぐにその場を離れろ」

中にどれくらいの人がいるのか解らない。袋叩きに合う危険もあるのだ。

「火事場に合流します」

「いや、進藤は信用ならぬ。何処かに身を潜めろ」

「え……」

「すでに到着しているはずなのに八重洲河岸は動いていない。下手をすれば火付けをした者と通じているかもしれぬ」

「それはありません」

慎太郎が何故か自信を持って断言したので、勘九郎は眉を顰めた。

「何故、そう言い切れる」

「進藤様はそんな火消じゃない」

理由は何もない。ただそう信じているといった様子である。確か慎太郎は内記と行動を共にしていた。その時に籠絡《ろうらく》されたのか。それを問うている時はもう残されていない。

「解った。この際、進藤のことは良い。ともかく逃げ通せ」

「承知しました」

慎太郎が再び頷いた時、宗助が慶司を指差しながら唾を飛ばした。

「大音様、二人はともかく。いいんですか？　こいつは大馬鹿ですぜ⁉」

「黙れ、宗助」

「ほら、こいつ。御頭は御頭って呼ぶのに、俺のことは呼び捨てにするし」

宗助と慶司の滑稽《こっけい》なやり取りに割って入ったのは、意外にも秋仁であった。

「大丈夫だよな？　閂を外して、男ってやつを俺に見せてくれよ」

「ったりめえだ」

慶司が白い八重歯を覗かせるのに、宗助は苦笑して溜息を零した。

それぞれの頭が各組から屈強な壊し手を選抜して集めて支度は整った。飛ぶ順は初めが慎太郎、二番目が慶司、そして最後が藍助である。

「慎太郎」

打ち合わせの段では黙していた漣次が声を掛けた。

「御頭……すみません」

「雑巾掛け十日な」

漣次が肩を軽く叩くと、慎太郎の顔から強張りが消えた。

「やります」

「俺の組下なんだからいわば小天狗《こてんぐ》だ。濠に落ちるなんて、みっともねえ真似するなよ」

「はい。行ってきます」

慎太郎は助走のために距離を取ったところで、ふいに漣次に向けて言った。

「御頭、小天狗っていいっすね。番付載ったら二つ名に使っていいですか？」

「馬鹿。それは俺の昔の二つ名で……」

「知ってます」

慎太郎がにかりと笑うと、漣次は微かに口元を緩めた。

「好きにしろ」

「よっしゃ。気合い入りました」

慎太郎は顔を両手で挟むように叩くと、息を整えて走り出した。梯子を支えるのは屈強な壊し手が八人。慎太郎が走り込んで踏桟《ふみさん》に足を掛ける。ぐっと梯子が撓《たわ》むが、壊し手が気合いを入れて支える。一気に駆け抜けた慎太郎は力強く、高く、空へと舞い上がった。

「行け！」

漣次が吼えた時、慎太郎は笠瓦を両手でしっかりと摑んだ。そこから両手に力を込めて身を引き上げる。まだ門番たちには気付かれていないため、歓声を上げるのを皆ぐっと耐えているが、その顔に喜色が浮かんでいる。

「次だ」

勘九郎が合図を出すや否や、慶司も同様に梯子を駆け飛んだ。梯子に慣れていないのか、慎太郎よりやや遅かったため飛距離が短い。片手が笠瓦に掛かり、慎太郎が襟を摑んで引き上げた。

「最後だ」

「足は等間隔……躰が覚えているままに……」

藍助はぶつぶつと何か独り言を呟いていた。

「気付かれましたぜ！」

橋の前、遠くから手を振っているのは新庄藩の武蔵である。ごった返している中でも、門番たちが指を向けているのが見えた。急がねば裏の守りも固められてしまうことになる。

「藍助！」

勘九郎が今一度呼びかけた時、藍助は弾かれたように走り出した。一定の調子で踏桟を踏んでいく。梯子上りを余程訓練したのだろう。前の二人よりも遥かに上手い。ただ如何せん元の脚力が弱いせいで、跳んだ距離は最も短かった。

「あっ――」

濠に落ちる。そう思って新之助は片目を閉じた。だが水音はしない。慶司に足を押さえさせ、身を大きく乗り出した慎太郎がしかと手を摑んだのだ。

「藍助！　肩を摑め！」

「うん！」

慎太郎は顔を赤く染めて藍助を引き上げた。若鳶三人が無事に塀の笠瓦の上に立つ。

「おい、入るぞ！」

「中を防げ！」

門番たちが必死の剣幕で叫ぶ。この慌てぶりから中にはほとんど人が残っていないことが窺えた。脇門を開いて人を戻そうとするが、させるものかと鳶たちが圧を強める。

「開けてみろや！　頭の上を跳ねて入ってやるぜ！」

さらに寅次郎の肩に乗って立ち、彦弥がけらけらと笑い挑発する。

塀の上に視線を戻すと、慎太郎と藍助が必死に己たちの後ろを指し示していた。慶司は頭を掻きむしって苦々しい表情に見える。

「後ろ！」

藍助の声が届いて皆が振り返ると、安堵《あんど》したように三人は塀の向こうへと消えていった。勘九郎も振り返ったが、野次馬に遮られて何も見えない。

「道を空けよ！」

勘九郎が吼えると、野次馬がさっと両脇に寄った。長く続く一本道。遥か遠く、米粒ほどの大きさの人影が三つ見えた。輪郭《りんかく》がちらちらと揺らぐ。それが風になびく火消羽織だと確信した。

「来たか」

まるで真打ちの如くこの機に現れるのが小憎らしく、勘九郎は指揮棒を掌に打ち付けて鼻を鳴らした。

三

塀を乗り越えると石垣の上部に出た。ここを駆け下りて門の裏に回り、閂を外すのが己たちの役目である。どこから降りるべきか探している最中、慎太郎は二人に向けて言った。

「見たか」

額を汗で湿らせた藍助は興奮気味に頷く。

「うん。松永様だった。あと……」

「伊神甚兵衛もいた。どういうことだ？」

「解らない。でも下手人は他にいるって大音様が言ってたから……」

藍助が首を傾げた時、慶司が苦々しい舌打ちを見舞った。

「何でここにいるんだよ。町を出ねえんじゃねえのか」

「ああ、辰一さんな。いたな」

門に向かって走って来る中にひと際目立つ偉丈夫《いじょうふ》がいた。どうしてかは解らないが、共に行動しているようだ。

「あれは……」

一橋屋敷は御門の東隣と言える位置にあり、目の前に広大な敷地が広がっている。火元は母屋《おもや》と別にある離れの外《はず》れ。濛々《もうもう》と煙が立ち上っており風に煽《あお》られて流れている。霞《かすみ》が掛かったようになっており見にくいが、灰煙の中に背の高い建物があるのが薄っすらと見える。どうやら土蔵らしい。

「あの火、何か変だ」

普段は自信のない口調であるが、藍助はこと火に関してははっきりと断じる。

「どう変なんだ」

「あの煙は野焼きに似てる。葦《あし》や松葉を燃やしているような。不始末の火じゃない。かといってそんな物をわざわざ用意して、屋敷の中に持ち込んで火を放つ奴なんていない」

「つまり……」

「有り得るとしたら狂言《きょうげん》」

「狂言⁉ 何のために」

「解らない。けど火はそう言っているんだ」

離れからは煙だけでなく、すでに橙《だいだい》の炎が零れ出ており、火の粉も噴き出し始めていた。

「あれは。進藤様……？」

火元ばかりに目を奪われていて気付かなかった。百ほどの火消が一橋屋敷の門前に到着している。鶯《うぐいす》色の半纏、八重洲河岸定火消のものだった。その中に進藤内記の姿も認められた。ただ竜吐水の展開も終えているのに一向《いっこう》に水を掛けていない。それどころか一切の消火活動を行っていないのだ。

「大音様の言ったように――」

「いや、何か様子がおかしい」

八重洲河岸定火消の数人が、何者かに取り押さえられている。取り押さえている側を差配している肥えた男の顔に見覚えがあった。

「あれは確か赤井忠晶《あかいただあきら》だ」

確か前の火付盗賊改方長官である。ここのところ幕府の職も不足しており、上ほど顕著に詰まっている。先々代の長官である島田政弥《しまだまさひさ》でさえ、未だに火付盗賊改方付きとして顧問のような立場で残っており、赤井も同様だと耳にしていた。

「八重洲河岸定火消が火盗改に……どういうことだ」

取り押さえられている以外の火消も動いていない。いや、動けないといった様子である。内記は拳を握りながら、見知らぬ身形《みなり》の良い男と対峙《たいじ》していた。

「助けが必要かも」

藍助の言う通りである。小さく見える内記の横顔から慎太郎もそう察した。だが迷いを振りきるように強く言った。

「だが先に門だ。そうじゃねえと、俺たちに託してくれた大音様たちに申し訳が立たねえ」

「こっちから下りられるぞ」

丁度《ちょうど》、慶司が塀の一段下がった場所を見つけて三人で地に降り立った。門番たちは見失ったのか追って来ない。いや違う。門を外そうとしているのは明白なのだから、その前をしっかり固めて待ち構えているのだろう。

門の見える辻まで来て身を乗り出して様子を窺う。案の定、一橋御門の内側では門番の一団が周囲を見回していた。その数、二十人余り。

「一か八か、皆で突っ込むしかねえな」

何も全員を打ち倒さなくてもよいのだ。荒事となれば藍助は役に立たないが、突っ切って門を外すなら己と慶司だけでも能《あた》うと考えた。

「いや、それだとまずいだろう。門を外してもそこで袋にされたら、取り返されてまた嵌《は》められちまう」

「あ……」

馬鹿だと思っていた慶司に窘《たしな》められ、慎太郎は舌を鳴らした。

「俺が門を取って投げる。それを受け取って逃げろ」

「何……そりゃあ……」

「俺一人で行く」

門を覗き見る慶司は不敵に笑っていた。

「足の速い慎太郎が逃げるのはいいとして……せめて一緒に行くよ。あんまり役に立たないだろうけど。殴られるだけでも、一人くらいは引き付けられるだろうし」

藍助が淡々とした調子で言うと、慶司はへえと小さく感嘆の声を上げた。

「案外、男なんだよな。お前は。だが他にやることがある」

慶司が考えを説明すると、藍助はなるほどと感心している。

「やっぱり慶司って馬鹿じゃなかったんだ……あっ」

自ら口を押さえる藍助に対し、慶司は呆れたように鼻を鳴らした。

「どいつもこいつも。俺だって色々考えてんだよ……行くぞ。しっかり受け止めろよ」

慶司は言うなり、辻から飛び出して猛然と門に向かって走っていく。途中で門番たちも気付き、

「来たぞ！」

「一人だ！　取り押さえろ！」

などと、口々に言っている。突き出された六尺棒を躱すと、咆哮と共に繰り出した慶司の鉄拳で一人が頽れた。一転、慶司は身を屈めると、まるで弾丸の如く衆に突貫した。間合いを一気に詰められ、取り回しづらい六尺棒は却って邪魔になって混乱を来《きた》している。怒声が飛び交う中、ほんの僅かな間であったが、慎太

郎には永劫《えいごう》にも感じられて喉を鳴らした。

「あいつ、やりやがった……」

慶司が門に辿り着いたのだ。揉《も》みくちゃにされ髪は乱れ、閂を外そうとする今も背を蹴られ、頭を棒で打たれている。だが慶司は動きを止めない。

「慎太郎！」

「ああ！」

慎太郎が飛び出して近づいたのと、慶司が閂を抜き取って振り返ったのは同時だった。慶司は額、鼻、口から血を流して顔の三分の一は朱に染まっていた。だが、笑っている。

――見たか。

と、誇っているかのように。慶司は無言で振りかぶると、閂をこちらに向けて放った。山なりではなく、槍を突き刺すように。鋭く、真っ直ぐに閂が飛来する。慶司を押さえようとしていた門番たちは手を止め、面白いほど同じように首を振ってそれを目で追った。慎太郎は閂を両手で受け止めると、身を翻して一気に駆け始めた。

「あれを追え――」

「させるかよ！」

振り返ると、慶司は門番に肘鉄《ひじてつ》を見舞っており、狼《おおかみ》が遠吠えをするが如く辺り一帯に響く声で叫んだ。

「聞こえるか！　閂を外したぞ！」

その直後、外からどっと喚声が上がった。

「ま、まずい。全員で追うな。閂を押さえろ！」

背後から声が聞こえた時には、慎太郎は辻を折れている。そこに藍助の姿はない。これも打ち合わせ通りである。慎太郎がさらに走ると、先ほど塀を乗り越えて降り立った石垣の上に藍助の姿がある。

閂はさっさと濠に捨てたほうがよい。だが石垣を上っている間に捕まっては意味がないため、藍助を先行させて上らせておく。慶司はそう言ったのだ。急場であるが見事に連携が取れた。

「藍助、受け取れ！　濠に！」

「解った！」

慶司から託された閂を、今度は藍助に向けて放り投げた。藍助は膝を折り曲げて受け止めると、身を翻して見えなくなった。目立つといけないので、外の火消が入ってくるまで分かれて隠れることになっている。慶司も火消が門から入ればすぐに助けてもらえる。決めていたのはここまでである。

「藍助、上手く隠れろよ」

慎太郎は小声で呟くと再び走り始めた。ただ己は何処かに身を隠すつもりはない。先程、石垣の上からあの光景を見てから、ずっと言い知れぬ胸騒ぎがしているのだ。目指すは一橋屋敷。進藤内記の許である。

四

一橋屋敷から出火の報が届くやいなや、内記は当直の鳶を呼ぶと、

「太鼓は打つな」

と、低く命じた。事前に告げてあったが、改めて念押ししたのだ。予告通りに火付けがあっても、八重洲河岸定火消だけで対応するということが決まっている。つまり他の火消に報せる必要もなく、太鼓は打たずともよいだろうというのが幕府の考えであった。

まことに火付けを行ったかと慄《おのの》く者、それにしても如何にやったのかと疑問を

呈す者、八重洲河岸の力を示すと息巻く者、配下たちの反応はそれぞれであった。

だが内記の胸に渦巻く感情はその誰とも違うものである。事前に未の刻に火が付けられることを知っていたのだ。そして実際、夕七つの鐘の音が聞こえた後、計ったように火事が起きた。

「栄三郎、頼む」

「はい」

内記が言うと、栄三郎は緊張の面持《おもも》ちで頷いた。栄三郎ら二十数人を屋敷に残し、内記は配下を率いて出動した。一橋屋敷までは半里もない。

到着した時には、白煙の中に混じる黒が徐々に濃くなりつつあった。屋敷をぐるりと白亜《はくあ》の漆喰《しっくい》塀が囲んでいる。その中に一等高い建物がある。巨大な土蔵であり、並のものよりも背が高い。遠くからならば太い塔の如《ごと》くも見えるだろう。屋敷の何処かから猛然と煙が立っており、風に煽られてその大土蔵を包みこんでいる。屋敷の近くには多くの武士、女中などが一塊となっている。中にいた者たちは皆避難が済んでいるという。全ては狂言なのだから当然であろう。

衆の中から二人の男が近づいて来る。一人はあの吾妻であった。今では一橋家の用人の一人に収まっているのだ。

「八重洲河岸定火消の方々ですな。拙者は用人の吾妻と申す」

つい先日も訪ねて来たばかりなのに、ここでは初見の振りをしているのが小賢《こざか》しい。本来の名は尾上又兵衛だったが、一橋の用人に収まるにあたり、変名をそのまま名乗りにしたとは耳にしている。

「こちら当家の筆頭用人、清武仙太夫殿」

「此度は大儀なことでござる」

清武は含みのある目配《めくば》せをし、内記は会釈《えしやく》で返した。茶番だとは解っているがここは乗らねばならない。ただどのような筋書きなのか、いかな芝居をするのかは吾妻からも詳しくは聞かされていなかった。

「ささ、こちらへ」

何処へ案内するというのか、清武は手を滑らせて歩み出そうとした。

「そのような時はないかと。すぐに消火に当たります」

内記はちくりと刺すように言った。火消ならば当然こう言う。消さぬようにしろと言ったのなら、その正当な理由はそちらが用意すべきだと暗に示している。

「御自らお話しになりたいと仰せだ」

「何……」

内記は咄嗟には意味を解しかねた。

「清武、足を運ばせるなぞ不作法ぞ」

衆の中からまた新たに一人の男がこちらに歩んで来る。若い。歳は二十四、五といったところか。一重の垂れ目、眉も八の字であるため、一見は人のよさそうな相貌に見える。ただ鷲鼻と口元に言い知れぬ妖《あや》しさを感じた。

「いち早く駆け付けた忠義の士には、礼をもって応えねばならぬ」

「はっ」

厳しい口調で続けると、清武と吾妻が同時に頭《こうべ》を垂れる。若い男の着物は錦糸を使った高価なもの。筆頭用人だと言った清武が頭を下げるとなると、考えられるのはただ一人である。

男は眼前まで来ると、湿り気を帯びた声で言った。

「民部卿《みんぶきょう》である」

――自ら出て来るか。

御三卿、一橋治済《はるさだ》本人である。内記が平伏しようとするのを、一橋は止めた。

「泰平の火事は戦と同じ。そのような作法は無用である」

先ほどは不作法と清武を咎め、舌の根も乾かぬうちに此度は無用だという。この一事をもっても食えぬ男であることは間違いない。

「まことに火付けが行われるとは……その憎むべき伊神甚兵衛は火を付けて何処かへ身を隠した」

と、いう筋書きであると改めて一橋は言うと、煙が上がる方を指しながら続けた。

「だが今、そのようなことはどうでもよい。あの蔵が見えるかな？」

「はい」

「あそこには義憤から当家を守ろうと駆けつけてくれた、桐生の百姓が寝泊まりしている」

一橋は大袈裟に目尻を下げて言葉を継いだ。

「残念。まことに残念だが……助けられぬのだ」

役者である。憐憫《れんびん》、憤怒《ふんぬ》が入り混じったように声が震えている。内記が何も答えずに黙していると、一橋は声を発さずに唇だけをゆっくりと、

——何故でしょうか。

と、動かす。そのように訊けという指図である。目が笑っておらず狂気に満ち

ている。

「何故……でしょうか」

「よくぞ訊いた。伊神は俄《にわ》かに手口を変えた。此度は十八年前の大学火事と同じ仕掛けで火を付けたらしい」

「夾竹桃《きようちくとう》……」

「流石は八重洲河岸定火消の頭。よく学んでいるな。夾竹桃の煙は吸い込めば昏《こん》倒《とう》、それが多ければ死にも至る毒を孕《はら》んでいる。それが収まるまでは誰も近づけぬ」

——そうきたか。

表情に出さぬよう、内記は拳に力を込めた。

伊神の極悪さを印象付けるために百姓たちを焼き殺す。だが二十人余りが一斉に断末魔の叫びをあげ、阿鼻叫喚《あびきようかん》が巻き起これば、その声を一橋の息の掛かっていない幕吏が聞き、

——もはや他の火消を入れてでも救うべし。

と、進言するかもしれない。

だがこの手口ならば土蔵に直《じか》に火が付く前に、流れた毒煙によって百姓たちは

まともに声も出ず、昏倒し、やがて絶命する。そしてこれは恐らく嘘ではない。野焼きのように煙の白みが強い。真に夾竹桃を用いている。

こちらが何も言っていないのに、一橋は諸手を出して首を横に振って言った。

「いや、言いたいことは解る。火消故に命を懸けてでも救い出すというのだろう。だがそれはならぬ……お主らが斃《たお》れれば、誰が将軍家を守るのか。心苦しいがここは自重《じちょう》せねばならぬぞ」

一橋の顔の全てが深刻さを演出しているが、ただ瞳が微笑んでいる。それに得《え》体《たい》の知れぬ不気味さを感じた。

「火消を展開させます」

絞るように内記が言うと、一橋は口を近づけて囁いた。

「よかろう。その恰好は見せねばならぬでな。お主も役者だな」

内記は配下に毒煙であることを告げ、風上に回るように命じた。

「竜吐水を出しますか？」

「いや、この位置では火元に水は届かぬ」

「では突入し百姓を――」

「それも無理だ……」

内記は首を横に振った。巨大な土蔵に煙が満ちるまでには今少し時が掛かる。まだ気を失うまでには至っていないだろう。

だがその構造、風向きから、扉を開いて突入すれば火消はまともに煙を受ける。土蔵を開ければ煙が流れ込み、中の者も百姓も死んでしまう。開ける時には一挙に避難させねばならず、そのためには八重洲河岸定火消だけでは足りない。つまりこの火事は演技ではなく、真に手の施しようがないのだ。

「このまま待て……」

「頭！　それでは――」

「待てと言っているのだ！」

内記が一喝《いっかつ》すると、配下は皆が口惜しそうにする。一方、一橋の頬が緩んでいるのを目の端に捉えている。

――栄三郎、急げ。

内記は煙を凝視しながら心中で呼びかけた。栄三郎には留守居をさせた訳ではない。

「必ず火消が来る。常盤橋《ときわばし》御門を開き導け」

と、昨日にあらましを語った上、命じたのである。十八年前、一ツ橋御門を開くという約束を破った。償いという訳でも、感傷的になっている訳でもない。その証拠に、示したのは別の門。そこが最も良いと考えただけである。

栄三郎はことの大きさに絶句していたが、心を落ち着けると尋ね返した。

「それでは一橋卿を裏切ることになるのでは……」

「別に誰の味方でもない。出世などと言っているが、証文一枚もないのだ」

吾妻の言葉を額面通りに信じる訳にはいかない。反故《ほご》にされることも考えられるし、尻尾切りで罪を着せてくることも有り得る。

「田沼様にこのことを」

「いや、まだ田沼様との繋がりは出来ていない。それに見張られているだろう。動けば露見する」

「では」

「出火して我らが出れば油断もするし、見張る余裕もなかろう。そこを突く」

栄三郎は戸惑いの視線を向けた。

「何のためにそこまでするか……か？」

「いえ……」

内記が訊くと、栄三郎は目を畳に落とした。火消である限り命を救うためだけに動けばよい。そんな単純なことにさえ配下に疑問を挟ませる。己はいつしかそのような男になっている。

「何故だろうな」

内記はなおも濃くなる煙を目で追い、誰にも聞こえぬように呟いた。十八年前のあの時、もしも違う道を選んでいたら。近頃、そのことをよく考えてしまう。きっと眩し過ぎる若鳶のせいだろう。

「頭!!」

配下が指差す方を内記は見た。

「火盗改だと……」

こちらに向かってくる一団がいる。かなりの数である。顔に見覚えのある連中ばかりで火付盗賊改方だとすぐに判った。問題はその火盗改が、栄三郎ら二十人に縄を掛けて連行しているのだ。

「頭、すみません――」

「口を開くな」

詫びる栄三郎の腹を殴ったのは、でっぷりと肥えた男。先代長官で今は顧問の立場になっている赤井である。かつての長谷川は言うに及ばず、先々代の島田にも遥かに劣《おと》る無能な男。間延《まの》びした口調がいっそう愚鈍《ぐどん》な印象を強めていたが、今や周りから軽んじられがちだった雰囲気は微塵《みじん》もない。だらしなかった丸顔も引き締まっている。

「ご慧眼《けいがん》でございます。やはり門を開けようとしておりました」

赤井が一橋に言ったことで全てを理解した。

「大儀である。同役たちに怪しまれていないか？」

「島田のみが些か。しかし伊神が目撃されたとの虚報《きょほう》で、深川《ふかがわ》に追い払っております」

「左様か。で、進藤……これはどういうことか説明してくれるか？」

一橋が目を細め、ひょいと首を傾げる。火付盗賊改方は五十人余。あっという間に取り囲まれる。何も教えられていない配下の者たちは、今起きていることが理解できずに狼狽《ろうばい》している。

「はて……」

内記は視線を落とした。

——私の与《あずか》り知らぬこと。配下が勝手にやったことでござる。

もし露見した時にはそう言ってほしい。昨日、栄三郎は熱を込めて懇願していた。その科白を唱えようとするが、どうも口が上手く動かない。

――俺は人の命を繫ぐ虹になりたいのさ。

耳朶に蘇ったのは、遥か昔に聞いた兄の声である。唇が、拳が、躰が震える。

「この火事は……」

口が勝手に動く。内記は幼き頃に抱いた憧れと己の内なる想いの強さを知った。言葉は再び力を帯び、真っすぐに喉から迸《ほとばし》る。

「この火事は消さねばなりませぬ」

「貴様！　寝返ったな!!」

吾妻が怒気をまき散らした。内記は一瞥《いちべつ》して続けた。

「寝返ったも何も。我ら火消は端《はな》から誰の味方でもありませぬ。ただ敵は炎だけだと常にはきとしているだけ」

己でも意図せず、一筋の涙が頰を伝った。一橋は手を叩きながら嬲るように言った。

「泣いているのか？　菩薩《ぼさつ》が形無しだぞ。立派な覚悟よ。だが、決めてはならぬ覚悟もあるのだ。今ならば赦そう。あの者たちもな。言い間違えたのであろう……な？」

策が破れた。しかし、やらねばならぬことは、虹の向こうにある青空のようにくっきりと見えている。一橋に向き直り、言葉を紡ごうとしたその時である。己を呼ぶ声が聞こえた。今度は幻聴ではない。確かに己の名を呼んでいた。

「進藤様!!」

「慎太郎! 来るな!」

「えっ――」

何故ここにいるという疑問は一瞬で霧散した。火消たるもの火のある場所に向かう。ただそれだけの単純なことだろう。

「何故、ここにいる。あれは何処の鳶だ?」

「縞半纏……町火消のい組です。門が破られた様子はありませぬ故、何処からか紛れ込んだのでしょう」

一橋の問いに、清武が答える。

「進藤様、これは一体……」

慎太郎は周囲を見渡した。土蔵からは煙が立ちのぼっており、すでに屋根からも炎もちらちらと見える。それなのに何故、何も対処しないのか困惑しているのだ。

「何やら随分と慕われているようだな。だがこの鳶はお主の正体を知っているのか？」

一橋は垂れた眉を、嫌らしくさらに下げた。

「正体？」

「教えてやろう。この進藤内記はな。悪徳火消なのだよ」

「悪徳火消……」

慎太郎に向け、一橋は頰を緩める。

「実際どのようなことをしていたかと言えば。身寄りのない子どもを引き取り——」

「信じねえ」

慎太郎は静かに、それでいて強く遮った。

「何……」

「進藤様はちいとばかし無愛想《ぶあいそう》で、時々何考えているか解らなくて、叱ったら震えるほど怖くて……」

皆が息を吞む中、慎太郎は真っすぐに一橋を見つめ、嚙み締めるように言葉を継ぐ。

「でもそれは俺たちのことを想ってくれているからで……その腕は抜群《ばつぐん》で、江戸五指に入るくらいなのに、ふとした時に何故か寂しそうで……」

慎太郎はきっと睨み据えて大声で言い放った。

「俺は自分の目で見たものしか信じねえ。心底憧れる火消の一人。それが俺の見た進藤内記って人だ！」

「小僧……」

「ていうか、てめえ誰だ。火消でもねえくせに、偉そうに語ってんじゃねえよ」

「その糞餓鬼《くそがき》を黙らせ――」

清武が命じた刹那、内記はそれを呑み込むような大音声で叫んだ。

「八重洲河岸定火消!!」

今の己の顔は悲痛にも見えよう。内記は細く息をして気を静める。これまで背負ってきた菩薩の名に恥じぬよう、内記は無理やり微笑みを浮かべ静かに言った。

「火を滅せよ」

「応!!」

次第は誰も解っていない。だが八重洲河岸定火消は一斉に動き始めた。

「赤井殿！」

清武が呼ぶと、赤井も聞いたこともない厳しい声で配下に命じる。

「八重洲河岸定火消が火付けに関与した疑いあり。捕縛せよ！」

「貴様……」

内記が詰め寄ろうとすると、清武がさっと間に入って手を摑まれた。足払いを受けて横転する。首を踏みつけられ息が詰まった。

竜吐水を屋敷の敷地内に入れようとする配下が殴られ、鳶口を振るおうとする者は無数の棒で押さえつけられている。武官の中でも特に武技に優れた者ばかりが集まり、しかも百戦錬磨の火付盗賊改方である。横倒しになった景色の中、配下が次々に捕らえられていく。

「誤ったな。お主は火消の割に分別のある男だと思ったのだが、残念だ」

膝を折って、一橋が溜息をついた。

「どうだ……かな……」

「てめえ！　何で進藤様を！」

慎太郎の声が近づいて来たと思ったが、すぐに取り押さえられたらしい。なおも暴れているが引っ立てられて来て、地べたに押しつけられている己の前に座らされた。

「愚か……者が……」

「足をどけろ、この――」

「お主も火付けの一味なのだな」

清武が慎太郎の顔面を毬《まり》のように蹴り飛ばす。軸足は己の首を踏んでいるため、さらに詰まって息が止まった。

「この小僧は関係……ない。放せ……」

歯を食い縛って言った時、慎太郎が遠く、己を通り越した後方を凝視していることに気付いた。

「進藤様、俺たちの勝ちだ」

「何だと……」

首への圧が弱まった。清武が足をどかしたのだ。激しく咳《せ》き込みながら、地を転がるようにして振り返った。

「何故だ！　何故ここにあいつらが！」

清武が悲鳴を上げるように叫んだ。

「気に喰わん奴め……」

内記は吐息交じりに零した。忌々しいはずなのに口が綻《ほころ》ぶ。

砂塵を巻き上げて向かってくるのは大量の火消。複数の組の纏が掲げられており、羽織半纏の色もてんでばらばら。火消連合という様相を呈している。

恐らく、開いたのは一ツ橋御門。まるで十八年前のやり直しをしているような錯覚を受けた。

その集団に先んじて向かって来る二人の男。吹き荒れる風に羽織が舞い上がり、裏の意匠がはきと見えた。

一人は鳳凰。残る一人もまた鳳凰である。違いがあるとすれば、互いの鳳凰の向きが異なるだけ。そのため、互いを見つめ合うように向き合っている格好である。

第十章　その名、伊神甚兵衛《いがみじんべえ》

一

源吾は走る。甚兵衛も疾駆《しっく》する。辰一が合流してからというもの、邪魔する者は薙《な》ぎ払い、破竹《はちく》の勢いで突き進んだ。その間も煙を注視し続けている。素人《しろうと》が火を付けたからであろうか、焼き殺すつもりの割には火の回りは遅く、それだけが不幸中の幸いである。

遠くに一橋御門が見えて来た。凄《すさ》まじい数の火消が詰めかけている。役人たちは門を守っているようで、橋の上で押し合っている。

「いるぜ！」

「ああ」

源吾が言うと、甚兵衛が応じる。その声は心なしか弾《はず》んでいるように思えた。

「あれは……」

何処《どこ》の誰かまでは判《わか》らないが、塀に取り付いて乗り越える鳶が見える。濠の上に斜めに構えた梯子を用いたのだろう。十八年前、かつて己もやった手法である。どうやら内側から閂《かんぬき》を外すつもりらしい。

「御頭!!」

新之助が大きく手を振っているのが見えた。

新之助が叫《さけ》んだことで、己が戻って来たことを知った新庄藩火消が気勢を上げた。それに続いて他の火消たちも気付く。こちらは歓声というより、どよめきである。甚兵衛が下手人《げしゅにん》でないと知らされていない者が大半なのだ。しかもたった今、眼前で起こっている火事も甚兵衛の仕業《しわざ》だと思っているのだから無理もない。

「げえ！　何で辰一が！」

何かが逆鱗《げきりん》に触れ、龍が来襲したと思ったのだろう。甚兵衛の存在と同じほど、辰一がいることに驚き、気を取られている鳶もいる。

源吾が駆け込むと、指揮を執《と》っていた勘九郎がすぐにやって来た。

「松永、遅いぞ」

「悪い。皆に伊神様のことを……」

「解《わか》っている」

橋の上では怒号《どごう》と共に攻防が続いており、さらに野次馬《やじうま》の声が飛び交《か》い、あたりは尋常ならざる喧噪《けんそう》に覆われている。勘九郎はそれを割るように鋭《するど》く叫んだ。

「皆の者、聞け！　まず確証がなく、今まで黙っていたことを詫《わ》びる。下らぬ噂《うわさ》が流布《るふ》されているが、此度《こたび》の下手人はここにいる伊神甚兵衛ではない！」

火消の中での勘九郎の信頼は絶大である。これには騒《ざわ》めく者は一人としていなかった。勘九郎は喉《のど》が破れんばかりの声で続けた。

「真の下手人は別にいる。だが今、それはどうでもよい。我らが為《な》すべきことは、あの火を止めること。ただそれだけを考え突き進め‼」

勘九郎が指揮棒を振るうと、先ほどの数倍の気勢が上がった。

「門が開いたぞ！」

漣次が門を指差して呼びかける。門が僅《わず》かに開いているのだ。源吾は勘九郎に訊いた。

「やはり中に入れたんだな。誰だ」

「慎太郎、慶司、そして藍助ら若鳶だ」

「何……」

「十八年前と同じだ」

その一言でどのようなことがあり、勘九郎が何故《なぜ》許したのか一瞬のうちに察した。

「親父たちの気持ちがよく解るな」

ここにいなかった己がとやかく言う筋合いはない。源吾は苦笑して返した。

「大音様、あれじゃあどうにもなりませんぜ！」

今度は秋仁が叫んだ。確かに門は外されたようである。だが門が僅かに開いては閉じ、閉じては開いてを繰り返している。内側の者が押さえ込もうとしているのだ。門ほど頑丈《がんじょう》でなくとも、代わりに六尺棒を差し込まれたら元《もと》の木阿弥《もくあみ》である。さらに橋には双方の手勢が密集しており、とてもではないが門まで辿《たど》り着けない。

「折角《せっかく》、開けたんだから急げ！　それでも男か！」

「ありゃあ……慶司か⁉」

源吾は眉《まゆ》を顰《ひそ》めた。僅かに開いた門の隙間から、慶司の声が聞こえたのだ。

「ああ。あの男は腕っぷしに自信があるようだが、それほど長くは持たんぞ……」

勘九郎は苛立《いらだ》ちを隠さずに指揮棒を振った。

「何故、叩きのめさねえ」

「こちらとて火を消すために押し通るという大義名分がある以上、あからさまには──」

勘九郎は説明を途中で止め、身を翻《ひるがえ》した。先程の質問は源吾ではない。背後から投げかけられたものだったのだが、あまりに会話の途中にするりと挟まったので違和感がなかったのだろう。

「辰一……」

「久しぶりに出たら、町の外では温《ぬる》いことやってんな」

「貴様の町ならそれで押し通せよう。だがここでは──」

「関係ねえよ」

龍が喉《のど》を鳴動させるが如《ごと》く低く唸《うな》ると、辰一は両者を軽く交互《こうご》に見て続けた。

「火消は何も炎だけが敵じゃねえ。そんなこと今に始まったことじゃあねえだろう」

嫉妬《しっと》から足を引かれ、あるいは煽《おだ》てられて無理をし、幕府の権威を守るための意味のない掟《おきて》に縛《しば》られ、散っていった火消など山ほどいる。それこそ尾張藩火消がそうだ。辰一の言っていることはそういうことなのだろう。

「あの馬鹿がいるんだ。うちがけつ持ってやる」

辰一は逞《たくま》しい両腕で二人を割るように押しのけると、雷の如き大声で呼んだ。

「宗助!!」

「はいはい。この距離ですぜ。聞こえてますって」

五間（約九メートル）ほど先、宗助が片耳を塞《ふさ》ぎ、顔を顰めながら答えた。

「何、温いことをやって――」

「いや、俺もそう思っていたところです。いいんですね？」

「やれ」

辰一が顎《あご》でしゃくると、宗助は不敵《ふてき》な笑みを見せて頷いた。

「皆々様、後ろに退《ひ》いて下せえ。ここからはうちが受け持つ。大音様、松永様の許しも得ているぜ」

宗助がちらりとこちらを見たので、源吾は苦笑して、勘九郎は鼻を鳴らして応えると、

「に組に任せて退け！」

と指示を飛ばした。十重二十重の火消たちが、ざざっと引き下がった。門を守

る者たちは一息ついたものの、次に何が起こるのかと戦々恐々《せんせんきようきよう》としている様子である。宗助は一所に集まった、に組の鳶たちに向けて吼《ほ》えた。

「てめえら、あの馬鹿にまた男がどうのなんて言われていいのか⁉」

「絶対嫌だ！」

「ふざけんな！　許さねえ！」

宗助の呼びかけに、に組の鳶が口々に答える。

「前に進んで後のことは後のことと割り切るか、それとも今退《さ》がって御頭に殺されるのとどっちがいい⁉」

「前だ‼」

ほぼ全員が即答した。

「ささ、御頭」

宗助は笑みを湛《たた》えながら宙に手を滑らし、辰一を集団の先頭に立たせる。そして締めに、これまでで最も痛烈に、高らかに喚《わめ》き吼えた。

「烏《からす》や、ぼろ鳶だけじゃねえ。龍の恐ろしさ見せやれ。笑って躍《おど》れや！　にっこりに組！」

に組から狂気にも似た雄叫《おたけ》びが上がり、濁流《だくりゆう》の如く門に向けて突っ込む。それでいて皆が嬉々《きき》としているのだから、他の火消は苦く頬を緩《ゆる》め、門番たちは表情を凍《こお》らせて戦慄《せんりつ》している。

「ふ、ふせげぅぉ——」

勇気を振り絞って進んだ門番は、巨石に撥《は》ねられたように飛んで濠に落ちた。先頭を行く辰一が薙《な》ぎ払ったのである。

「斬る許しを！」

上役の許しを得て、一人が刀の柄《つか》に手を掛けた。だがその時、その男の足は地についていない。辰一に襟《えり》を摑《つか》まれ、まるで藁《わら》人形の如く宙を舞い、大きな水音と共に濠に消えた。

「行け、行け！　落とせ！」

宗助の鼓舞《こぶ》を受け、辰一に負けじと、に組は狂喜乱舞する。殴《なぐ》られ、蹴られ、投げられ、次々に濠へと落とされていく。倒れた者も踏みつけられ、これは堪《たま》らぬと這《は》って自ら濠に飛び込んで逃げる。

乱闘が繰り広げられる中、門の前に最も早く辿り着いたのも辰一であった。門を押し開けた先に、両手を開いて立つ男の背が見えた。慶司である。その向こう、棒を構えた者が十数人、顔を強張《こわば》らせて茫然《ぼうぜん》としている。

「遅《おせ》えよ……」

気が抜けたのか、慶司はそのまま背後に倒れ込んだ。それを辰一が片腕でしかと受け止める。

たった一人で門を死守したのだ。髪が悪鬼のように乱れ、顔は朱に染まって二倍ほどに腫《は》れあがっている痛ましい姿である。

「この程度で死ぬなんて言うなよ」

「誰が」

「それでこそ、に組だ」

辰一は慶司を配下に託すと、未だ押し合い圧《へ》し合いの続く中で俯《うつむ》く。まるで地鳴りの如き呻《うな》り。それはみるみる大きくなっていき、あたりを震わせる咆哮と共に辰一が顔を上げた。

「てめえら死にてえらしいな」

蛇《へび》に、いや龍に睨まれた蛙《かえる》である。金縛《かなしば》りにあったかのように全員が硬直したかと思いきや、次の瞬間には棒を放り投げて一目散《いちもくさん》に逃げだした。中には足が縺《もつ》れて転がるようにしている者もいる。

「松永」

「おう！」

源吾は甚兵衛と顔を見合わせると、随分《ずいぶん》と空いた人波を縫《ぬ》って走る。

「慶司……」

通り過ぎる時に声を掛けた。支えている鳶が言うには、慎太郎と藍助は門を捨てに走り、慶司が門を支える段取りだったらしい。

「よくやった。大手柄だ」

慶司は声を出すのも辛いのか、手首だけを使って軽く手を挙げた。その時には勘九郎が火消たちを取り纏《まと》め、火元に向かうと宣言している声が聞こえた。続いて波濤《はとう》のような喊声《かんせい》。

曲輪内を二人走る中、甚兵衛が呟《つぶや》いた。

「いい火消たちだ」

「あんたたちが繋いだ時代だ」

甚兵衛は何も答えず、口を結んで前を見据えていた。眼前に一橋屋敷が見えて来た。八重洲河岸定火消《じょうびけし》たちの姿が見えるがどうも様子がおかしい。何か争っているようである。黒白の煙は巻き風に煽《あお》られて倒れ込んでおり、屋根からは火消の宿敵が顔を覗《のぞ》かせていた。

──お前の天敵が来たぜ。

源吾は炎を睨み据えながら、脚を前へ前へと押しやった。

二

源吾と甚兵衛が一橋屋敷の前に辿り着いても、状況は読めなかった。八重洲河岸定火消がそこかしこで取り押さえられている。捕まえているのは火付盗賊改方《ひつけとうぞくあらためかた》。吉原《よしわら》の事件の時に見た赤井の姿もあった。あの時は間抜けに感じたが、今は眼光鋭《がんこうするど》くその時の面影《おもかげ》はない。

内記が地に転がっており、その前では慎太郎が取り押さえられている。他にいるのは一橋家の家臣であろうか。

どいつもこいつも忌々《いまいま》しそうにこちらを見ている。

「伊神甚兵衛……」

中でも憤怒《ふんぬ》の形相で睨んでいた男が歯ぎしりをした。

「清武か」

「飛んで火にいる夏の虫とはこのことだ。赤井殿！」

清武と呼ばれた男が言うと、赤井が慌てた素振《そぶ》りで己たちの背後を指差した。

「この数では八重洲河岸を押さえるだけで手一杯だ。それにあれを見ろ」

「下手人を助ける腐れ火消など、全て捕縛してしまえばいい！」

激昂《げきこう》する清武に対し、甚兵衛は静かに言った。

「何を勘違いしている。捕まえたければ勝手にすればいい。火消は俺を助けている訳ではない。むしろ『下手人』を引っ立てて来たのさ……そこに火があれば当然消す。中に人がいれば救う」

「くそっ……」

清武は拳《こぶし》で自身の腿《もも》を殴打した。

「松永様！　進藤様は火を消そうとして……」

「ああ、そのようだ」

慎太郎が懸命に訴える。だが言われるまでもなくそう思っていた。内記が今回に限っては一橋と対峙《たいじ》して、このような次第になったということは朧気《おぼろげ》に見えてきている。

源吾はここに着いてからというもの、一点を見つめていた。清武、赤井の後ろにいる男とずっと目が宙でかち合っている。

火事場に似つかわしくない絢爛《けんらん》な着物。それほど背も高くないのに、異様な威圧感を放っている。貪婪《どんらん》な鷲鼻、乾いた冷たい目、いずれも己が思い描いて来たものと遠くなかった。

「伊神甚兵衛を捕縛とのこと。大儀である」

男は口角《こうかく》をきゅっと上げると、こちらに向けて言い放った。湿り気を帯びた声に、寒気を催すほどの嫌悪を覚えた。

「やはりお前なんだな……」

源吾は誰にも聞こえないほどの小声で呟いた。

ずっと己たちが闘って来た黒幕。身分が違い過ぎ、生涯その顔を見ることはないと思っていた。だがその男は眼前にいる。もはや疑うべくもない。

御三卿、一橋治済である。

「一橋卿であらせられるぞ！」

清武が居丈高《いたけだか》に言うのを、一橋は手で制しながら近づいて来る。

「即刻、引き渡すように」

「それはお断り致す。将軍家の御連枝《ごれんし》といえども、その権限はございますまい」

清武が色を作《な》したが、一橋がきっと睨み据えると大人しくなる。その一瞬の気迫は流石《さすが》と言うべきものである。一橋はこちらには柔和《にゅうわ》な顔を向けて言った。

「お主の申す通りだ。だがここにいる赤井は火付盗賊改方。罪人を捕縛する権を有している」

「長谷川様が掌握されていた頃と違い、今の火盗改《かとうあらため》は信じるに値しません。過日《かじつ》、火付けをする者もいたほどでござる」

橋屋が焼かれ、妹玉枝《たまえ》は攫われ、姉琴音《ことね》と共に逃げた新之助が下手人に仕立てられた一件である。実行役は火盗改の猪山蔵主《いやまくろうず》。これも裏で糸を引いていたのは、

――てめえだろうが。

源吾は一橋を真っすぐ睨んだ。その時には他の火消たちが駆け付ける。不穏《ふおん》な空気を察し、勘九郎が制して遠巻きに静観している。

「屁理屈《へりくつ》を申すな。あれはあの者が勝手にしたこと」

「あんたもだったんだな」

源吾は詰め寄る赤井に吐き捨てた。

「何を申しているか。だがこれは公儀《こうぎ》が決めた法。決して曲げられぬぞ」

「解った。だがこっちも法に則《のっと》ってるんだ」

「何……」
「火消法度三項。火元に向かう火消を、何人たりとも邪魔すること罷《まか》り成らん
……たとえそれが将軍といえども。厳有院《げんゆういん》様のお決めになったことにござる」
厳有院とは四代将軍の家綱《いえつな》のこと。家臣の進言に対してなんでも「そうせい」
と答えていたから、「そうせい公」などと揶揄《やゆ》されることもあるが、名君として
の治政も数多くある。少なくとも明暦の大火において、火消の重要性を認め、数
を飛躍的に増やした。そして、その力を遺憾《いかん》なく発揮できる法度を編《あ》んだこと
で、火消にとっては崇拝《すうはい》する将軍であるのは間違いない。
先祖の名を出されたことで、一橋の表情が初めて苦虫を嚙み潰したように歪ん
だ。
「さらに火消法度二項。火事場においては火のことが第一で他は余事《よじ》。鎮火後の
こととすべし。これをもって伊神甚兵衛の引き渡しは鎮火後に致す」
「火が鎮まれば、火盗改に渡すというのだな」
「はい。火付盗賊改方付き、島田政弥殿に引き渡しまする」
「何を！」
「誰に渡すかは勝手だろう。八重洲河岸を放せ」

源吾は昂《たかぶ》る感情をもう抑えず、赤井に向けて吐き捨てた。

「この者どもは下手人と共謀した疑いが――」

「あんたそれでも火盗改か。火を消したら必ずその手口も明らかになるぜ。どうもこの炎は内部の者にしか細工出来なさそうだ」

明らかに大量の草木に火を付けた煙だった。幾ら燃えても証拠は残る。とても外部の者では付けられないとすぐに知れる。

――てめえだよ。

源吾が睨むと、一橋が忌々しそうに舌を打つ。

心情を表にしたことを恥じるように、ふっと小さく息を吐き、一転、哀れっぽい顔を作って答えた。

「そ、そんな、家臣の中に火付けの下手人がいるというのか。そういえば火が出ているあたりで見かけたな……吾妻。お主が下手人か！」

「え、え……それは……」

「言い訳は見苦しいぞ」

一橋は吾妻と呼んだ男の肩に手を添えると、口角をわざとらしく下げて首を横に振った。

「残念だ」

と続けて、とんと、背を押して赤井の方へ押しやった。赤井も困惑していたが頷いて、八重洲河岸の火消たちを解放するように指示を出す。

「迷惑を掛けた」

一橋は妖《あや》しい笑みを見せた。当初は内記を籠絡《ろうらく》して証拠も隠滅するつもりだったのだろう。だがそれが破れた今、配下を切り捨てたという訳だ。

かつてないほどの怒りが渦《うず》巻《ま》く中、源吾は前へ進んだ。一橋も目を細めて歩を進める。五間の距離である。

「戦場にてご無礼仕《つかまつ》ります」

「許す」

あと三間。互いに足を止めない。

「桐生の百姓がいるとか。救い出して火を消します」

「ありがたい。頼むとしよう」

一間。そしてすれ違う間際、源吾は耳元で囁いた。

「喰ってやる」

「やってみろ」

源吾は振り返らずそのまま叫んだ。

「頼むと仰《おお》せだ！　絶対に救うぞ！」

「天晴《あっぱれ》な火消どもである。後は火付盗賊改方に任せ、この場を離れることとしよう」

互いの指示はほぼ同時であった。人が一気に錯綜《さくそう》する。火消と、一橋家臣の位置が一斉に入れ替わる。

「御頭……」

傍《そば》に寄り添った新之助の顔にも怒気が滲んでいる。琴音の一件から、新之助にも許しがたい感情がある。駆け付けてからというもの、常に刀を抜けるように集中しているのは気付いていた。

「ああ、だが今はこっちだ。一気に消すぞ」

桐生の百姓は蔵に押し込められているとのこと。火の粉が御濠を越えて舞い始めており、このままではやがて飛び火が起こるだろう。だが蔵は火に強い構造になっているため、まだ燃え移っていない。この数の火消ならばすぐに救い出し、火元も一気に叩ける。

「待ってくれ！　夾竹桃だ！」

止めたのは八重洲河岸定火消の纏番。確か栄三郎という男である。

「間違いないのか⁉」

源吾の問いに対し、内記は険《けわ》しい顔で頷く。

屋敷内のどこかで夾竹桃を焚いているらしい。土蔵は白煙に呑み込まれ、輪郭を掴むのも覚束《おぼつか》ないほどである。

「これも俺のせいだな」

甚兵衛が下唇を嚙み締めた。

「勘九郎、星十郎、兵馬！」

源吾は立て続けに名を呼んですぐに参集する。

「……という次第だ」

状況を伝えると、まず星十郎が赤髪を風に靡《なび》かせながら答えた。

「この季節に珍しい南風。あと二刻（約四時間）は続きます」

「兵馬、どうだ」

「まずい。あの土蔵は大きく、天井も高い、今はまだ無事と見てよかろう。だが助けるために蔵を開くと、毒煙が一気に内部に広がる」

「打つ手なしか」

冷静な勘九郎も苛立ちを隠せないでいる。

「策がある」

ふいに声が飛んできて、皆が一斉に視線を送る。

「お前……」

内記である。頬《ほお》についた砂を払い落とすこともなく言った。

「一つだけな。夾竹桃と聞いてからずっと考えていた」

「命が懸かってんだ。嘘だったら承知しねえ――」

「一方向戦術」

内記は遮るように断言した。

「靫負《ゆきえ》の……」

甚兵衛が零した。内記の兄、甚兵衛の同期、「虹彩《こうさい》」と呼ばれた進藤靫負が編み出した戦術。壁に空ける穴でもって内部の風の流れを操り、排煙を行うものである。

内記は鳶口で地に蔵の絵を描く。これが素早く立体的で極めて上手い。

「加持、風向きは変わらぬというのは真だな」

「間違いない」

内記の問いに、星十郎は無愛想に即答した。

「蔵に梯子で上り、ここと、ここに穴を空ける」

風向きに対して上下の壁面ではなく側面の一方。現在は南からの風のため、東西のいずれかの壁の屋根に近い場所に並んで穴を空けるという。

「さらに板を持ってあがり、はめ込む。こう……扉のように」

片開きの戸が二つ並ぶような恰好。ただ開く向きが同じではない。並んだ戸だとするならば隣り合う内側に吊元がくる形である。

「なるほど……確かにこれならば」

星十郎は感心の声を上げた。

「どういうことだ」

「風上に近いほうの穴の戸が煙を受け止め、煙は中へ入ります」

「それじゃあ、中の者は……」

「いえ、煙は蔵の上部を大きく旋回し、今度は風下側の穴から排されます」

星十郎が請け合うのだから間違いないだろう。その間に蔵の戸を開き、中の百姓たちを避難させればよいというのだ。

「八重洲河岸は一方向戦術の使い方ならば、どの火消にも後れは取らぬ。だがこの策は……」

「誰かが……」

土蔵の周りはすでに毒の煙に覆われているのだ。つまりこれをやり遂げる者は死ぬことになる。だが他に手立ては浮かばなかった。

源吾は細く息を吐いて瞑目した。瞼《まぶた》の裏に微笑《ほほえ》む深雪と、無邪気な平志郎の姿が浮かぶ。

――すまねえ。

源吾は詫《わ》びると、目を開いて絞るように言った。

「俺がやる」

「松永……」

勘九郎が首を振った瞬間である。ふいに相談の輪の外から弾んだ声が聞こえた。

「雛《ひな》共が偉そうに」

皆が振り向いたその時、鳶口を手にした甚兵衛が、蔵に向かって真一文字に突貫していた。

「伊神様！」

源吾が追い縋る。しかし甚兵衛はあっという間に塀を上り、煙の中に飛び込んで姿が見えなくなった。

「梯子と板を！　時がねえ、急げ！」

「屋敷の内に投げ入れるのだ！」

勘九郎の指示により、長梯子が塀の向こうへ渡されると、すっと引かれて中へと消えていった。すぐに手頃な板も放り込まれた。

「駄目だ！　戻って来い！」

「火消に戻らせてもらう」

昔のような力強い声が煙の中から返って来た。甚兵衛はさらに大声で呼びかける。

「小僧ども！　必ずやり遂《と》げる。すぐに救い出す支度をしろ！」

かつて、いや今でも、江戸火消の伝説と呼ばれた男の激《げき》に、火消たちは身震いし、いつでもすぐに動けるように支度を進める。火消たちが続々と塀を越える。源吾も新之助とともに敷地内に入った。

「鳥越！　源吾を放すなよ！」

「はい！」

甚兵衛は全てお見通しである。新之助は縋るようにして、己を羽交い締めにしていた。

「伊神様！」

源吾は繰り返し名を呼んだ。

「うるせえ！　一つ空けた。今、板を差し込む」

煙の向こうから、壁を抉る音が続く。己も鳶口の扱いが上手いと自負している
が、甚兵衛の扱いはそれをも上回る。尋常でない速さである。

穴が空けられて、源吾には中の人々の声がはっきりと聞こえてきた。男女の助
けを求める声、戸を激しく叩く音、そして泣き喚く子どもの声。

「甚兵衛さん⁉　何でここに……」

「おい、甚兵衛さんだぞ！」

外光が入ったことで、中の者たちは甚兵衛に気付いたようである。桐生でも甚
兵衛は姓こそ使わないものの名を変えなかった。

――名と共に全てを背負うと決めていたのだ。

寺でそう語っていたのが思い出された。

「皆、待たせたな。正太郎《しょうたろう》、泣くな。お前が憧れていた江戸火消が外に助けに来

ているぞ。もうすぐだ」

煙の向こうで甚兵衛は泣きじゃくる男の子に向け、優しい口調で語りかけていた。鳶口を壁に突きたてる音がする。すでに二つ目の穴に取り掛かったのだ。

「源吾」

すでに喉をやられたのだろう。その声は激しく嗄《しわが》れていた。

「ああ……」

もう暴れることもなく、源吾は項垂《うなだ》れて呼びかけに答えた。

「すまなかった」

証言が叶わぬこと、憧憬《どうけい》を裏切ったこと、そして父のこと。全てが籠《こも》っていると解った。

「一人で何してんだ……」

「一人じゃねえ。荒崎《あらさき》、穴山《あなやま》、吉良《きら》、中馬《ちゆうま》、段五郎、一朗太《いちろうた》、芳助《よしすけ》……俺は火事場にいれば皆と一緒さ」

かつて名を馳《は》せた尾張藩火消の面々の名である。

「あんたを超えて鼻を明かしてやろうと……」

「とっくに超えているさ」

暫しの無言の後、再び煙の中から甚兵衛の声が聞こえた。

「二つ目！　いくぞ！」

何か目に見えぬものに鷲摑みにされたように、一瞬、煙がぴたりと止まったかと思うと、激しい流れが巻き起こった。煙が土蔵の穴に吸い込まれていく。それはやがて鉄砲水のようにもう一つの穴から噴き出す。凄まじい吸引力に、周囲の煙がみるみる晴れていく。

「今だ。急げ……」

甚兵衛が呻《うめ》く。二つ目の穴。板を差し込んでいない。その間も惜しんで甚兵衛が手で支えていた。

「行け！」

勘九郎の号令で火消が乗り込み、蔵の扉が開け放たれて中から人が次々に救い出されていく。全員が退避したことを知らせると、ひと際か細い甚兵衛の声が源吾の耳に届いた。

「見たか。これが尾張藩火消だ……」

鳳、大物喰い、そして炎聖。数々の異名の一つではなく、甚兵衛は誇ったようにそう言った。

甚兵衛を救い出そうと、源吾は梯子に手を掛ける。だが甚兵衛の異変に気付き、静かに新之助に向けて言った。

「寅を」

「はい」

新之助が顔を歪めながら頷き、寅次郎を呼ぶ。念のために寅次郎を下に控えさせ、源吾は梯子を上った。

「伊神様」

返事は無かった。

「ご苦労様です……」

声が震えた。伊神甚兵衛はすでに事切れていた。片手を踏桟《ふみさん》に掛け、もう片方の手と躰で板を押さえた恰好だった。その顔が穏やかに微笑んだままなのは、痛みを感じぬゆえか。いや、そうではないだろう。桐生の民を救えたから。最後に火消に立ち戻れたから。ようやくかつての仲間に、胸を張って会えるからであろう。

「流石だ。すぐに……」

踏桟から手を解くと、源吾は肩に担いで甚兵衛を下ろした。火消たちはすでに母屋や離れの中に踏み込み、煙を受けぬように風上から、竜吐水《りゅうどすい》による放水が始まっている。

源吾は甚兵衛を運びながら、羽織を脱がせた。そして地に横たわらせると、そっとその羽織を躰の上に掛けた。

「御頭……」

新之助が心配そうに声を掛ける。

「まだだ。飛び火も起きている。全て消すぞ」

手を翳して甚兵衛の瞼を下ろすと、源吾はすっくと立ち上がった。

「それでいいよな」

喰ってやれ。そう笑っているように思えた。翼を広げている鳳《おおとり》は、まるで甚兵衛を優しく包み込んで天に運んでいるかのようである。

三

外から入った火消連合七百。そこに八重洲河岸定火消の百十。総勢八百を超える火消たちである。最新の竜吐水も多数あり、しかもそれを指揮するのは、府下で双璧《そうへき》を成す水番の「魁《さきがけ》」武蔵と、「千本針《せんぼんばり》」の福永矢柄。休むことなく給水され、土砂降りの雨に遭ったかのように屋敷が濡らされる。

風上からじりじりと詰め寄り、やがて火元に辿り着いた時、火消たちは驚きを超えて呆《あき》れかえり、それすら通り越して憤《いきどお》った。火元は土間であり、山の如く夾竹桃の柴が積まれている。あきらかに人為《じんい》的なものであった。だがそれを責めても、一橋は知らぬ存ぜぬを決め込むだろう。吾妻と呼ばれた用人に全て罪を着せるだけだ。

「火の粉は一番、三番火除け地を飛び越え、榊原《さかきばら》家、内藤《ないとう》家屋敷からも出火。東に流れ、三河町でも数か所火が出たようです」

その報を受け、勘九郎は一橋屋敷には百を残して町へ戻るように指示を出した。駆け付けた火消頭の面々は、御曲輪の外へ向かった。一橋御門にはあれほどいた門番の姿は一人も見えない。代わりに門の脇にもたれ掛かっている男が一人。長谷川平蔵である。

「田沼様の指示が出た。細々《こまごま》したことはこっちに任せ、気兼ねなくやれ」

精悍《せいかん》な笑みを見せたものの、顔を見て何かを察したのだろう。真剣な顔つきになって、

「頼むぜ」

と、念を押して来て、源吾は力強く頷いた。

門の外には逃げ惑う人々がいる。すでに新たに駆け付けた火消たちの姿もあった。仁正寺藩火消の柊与市、め組の銀治、け組の燐丞《りんじょう》など、はからずも己たちより少し下の世代の火消たちが中心である。指揮を執っていた与市がこちらの顔触れに気付いた。

「こりゃあ、どういうことだ……」

与市は疑うように目を擦《こす》った。

「はは……まさか生きているうちに、もう一度見られるなんてね」

燐丞は怪我人に包帯を巻く手を止め、強張った笑みを見せる。

「これでもう心配ありませんね」

銀治は拳を握って二人に向けて頷いた。

逃げていた人々、こんな中でも怯《ひる》まずに野次馬を続ける輩《やから》もこちらに気付く。中にはこの一大事件を読売《よみうり》に書きとどめようとする文五郎の姿もあり、衝撃のあまり筆を震わせていた。

源吾の周りには、図らずも共に青き春を過ごし、火消の才を花開かせた、旧知の者たちが揃っている。

「さあ、指示をくれ。どこにでも行くぜ。何たってうちは何でも貪《むさぼ》り食うんだ」

「蝗《いなご》の秋仁……府下最大の火消」

筆を走らせる文五郎の独り言を、源吾の耳朶《じだ》ははっきりと捉えている。

「お前らは数だけだろうが。俺一人でも片付く」

「九紋龍《くもんりゅう》の辰一が何故ここに……」

文五郎はあんぐりと口を開けている。

「喧嘩は後でたっぷりやんな。何ならうちが難所を受け持ってやるぜ」

「あれが府下纏師三傑筆頭、縞天狗《しまてんぐ》の漣次。しかと覚えろよ！」

随伴させた絵描きの肩を揺らし、文五郎は唾《つば》を飛ばした。

「お主が何故加わるのか今は問わぬ。ただ怪しい真似をすれば容赦《ようしゃ》せぬ」

「あれを知らなければ本当のもぐりだ。天下の加賀鳶、八咫烏《やたがらす》の大音勘九郎よ」

絵描きは、知っていますよ、揺らさないで、と困り顔で叫ぶ。

「出火元は曲輪内。見過ごしたとあれば咎《とが》めを受ける。ただそれだけよ」

「あの糞野郎が、俺を攫《さら》った進藤内記。菩薩の内記だ。あんちくしょう」

己が危うい目に遭わされたから滅法《めっぽう》悪く言う。だが、それでも火事読売書きの性分《しょうぶん》が勝るようで、文五郎の口はおおいに綻《ほころ》んでいるのが可笑《おか》しい。

「がたがた言ってねえで、片っ端から行くぞ！」

「ぼろ鳶！　火喰鳥、松永源吾！」

文五郎の興奮は頂点を極めたらしく、歓喜して筆を振り回しつつ叫んだ。

「黄金《こがね》の世代だぁ‼」

野次馬たちから割れんばかりの歓声が上がった。逃げ惑っていた者も真かと顧《かえり》みて、もう安心だと口々に言い合っている。

何の指示もなく阿吽《あうん》の呼吸で、四方八方に散る。あの頃は皆が一人の火消であった。だが今はそれぞれが背負っている者たちがその後ろに続く。

蒼天に混じり始めた茜《あかね》は、地に近づくほど増している。今日も江戸は美しかった。

「見ててくれ」

それを邪魔するように揺らめく炎を睨み据えながら、源吾は青と茜の間を割るように走り始めた。

終章

非番の日、源吾は庭の落ち葉を掃《は》き集めていた。昨夜は風が強く、残っていた木の葉も全て落ちてしまったのだ。

「ふう」

源吾は帯に引っ掛けた手拭《てぬぐ》いを取り、額《ひたい》に滲《にじ》んだ汗を押さえるように拭った。今日は高く澄み渡った空をしており、風もすっかり凪《な》いでいる。こうして動けば暑いほどである。

だが、季節は初冬といってもよい。火消にとって最も気を引き締めねばならない季節がやって来るのだ。

「ありがとうございます」

振り返れば深雪が立っており、茶を淹《い》れてくれている。

「もう家事は済んだのか？」

「はい。助かりました」

武家で主人自らが落ち葉を掃くような家はほとんど無いだろう。深雪は私がやると言っていたが、一刻も早く片付けねばどうも落ち着かない。これも火消《ひけし》の性《しよう》分《ぶん》であろう。庭を掃いているあいだに、深雪は洗濯などを済ますことが出来たらしい。

「少しお休みになって下さい」

「ここまでやればもうすぐか」

深雪に言われ、源吾は縁側に腰を下ろした。掃いて集めた落ち葉が、一所で山のようになっている。

「平志郎は？」

源吾は茶を啜《すす》りながら訊《き》いた。

「まだ寝ています」

「そうか」

せっかくの非番で共に遊ぼうと思っていたのに、平志郎が昼寝をしてしまったので少しばかり残念であった。

「今日は静かで良かったです」

深雪も微笑《ほほえ》むと湯呑に口を付けた。太鼓も半鐘《はんしよう》も鳴らないという意味であろう。非番であっても近くで火事があれば、すぐに出ていかねばならないのが火消の宿命である。

「まあ、油断はならねえがな。だけど、でかい火事は暫《しばら》くごめんだ」

源吾は苦笑しつつ零《こぼ》した。江戸中を騒乱に巻き込んだあの火事から十日ほど経っている。

一橋屋敷に捕らわれていた百姓たちは一人残らず助け出された。そもそも何故《なぜ》、江戸に彼らが出て来たかというと、江戸で不審火が続いている。その下手人《げしゅにん》は桐生に暮らしていた甚兵衛かもしれない。もしそうだったならば、お主たちから甚兵衛を説得し改心させて欲しい。一橋の側近、清武仙太夫に頼まれたとのこと。桐生の百姓たちは甚兵衛が下手人であるはずはないと信じつつも、御三卿の頼みということもあり、万が一のことも考えて従ったという。

そして土蔵で寝泊まりするように命じられた。ある時、土蔵から出ようとすると、入り口が固く閉ざされていた。その直後、高窓の僅《わず》かな隙間から、白い煙が滲み始めて屋敷が火事だと知ったという。だが助けを求めても誰も来てくれない。それを救ったのは、間違いなく伊神甚兵衛その人であった。

「甚兵衛さんが助けてくれたんだ!」

正太郎という百姓の子どもは、助け出した火消にそのように誇らしく話していたという。

だがその直後、甚兵衛が帰らぬ人となったと聞き、正太郎は人目も憚《はばか》らずに号泣していた。桐生の人々も啜り泣き、甚兵衛の死を悼《いた》んだ。

「故郷まで送れとの仰《おお》せだ」

鎮火後、桐生の人々を引き受けたのは、長谷川平蔵であった。田沼が直々《じきじき》に命じたのだという。こうして桐生の者たちは過去は一切知らされず、「炎聖《えんせい》」伊神甚兵衛のことを、桐生の村々を守ってきた元火消のただの「甚兵衛」と思ったまま送り返されたのである。

次に要人《かなめ》である。あの後、刺客は現れなかったという。一橋から中止の命《めい》が出たのか。いや、そのような時は無かった。甚兵衛が町に現れたとの話を聞き、もはや寺を狙う必要はないと考えた。さらに先に送った者たちが戻らなかったことで警戒を強めたのかもしれない。一橋邸の火事が収まったと聞くと、戻って来ていた湛観に、

――もう心配ない。

と、菅笠に手を添えながら告げて去っていったらしい。

一橋の連中はどうなったか。一連の事件は、全て吾妻と呼ばれた男の仕業《しわざ》にな

った。しかもその動機は「幕府転覆」などという、大それたものであったと触れられた。手始めに徳川家に連《つら》なる尾張藩、次いで一橋家を狙った。

そもそも吾妻は一橋家の譜代《ふだい》の臣ではない。当初からそのつもりで一橋家に何者かが潜《もぐ》り込ませ、長期に亘《わた》って機会を探らせていた。一橋家は被害者である。

これが一橋の主張である。

その吾妻は火事が鎮《しず》まるまでに死んだ。

——暴れて逃げようとした。

という理由で、火付盗賊改方の赤井に斬られたのだ。だが実際、それが嘘《うそ》であることはあの場にいた者ならば誰もが解《わか》るだろう。

一方で一橋が為した過去の所業については、追及出来なかった。証たる甚兵衛を喪い、田沼も攻めようがなかったのだ。結局、最後まで詰め切ることは出来なかったが、一橋の野望を打ち砕いたことは確かである。

あの邂逅《かいこう》は奇跡のようなものであった。だがいずれ、またいつか顔を合わせる日が来るのではないか。そんな気がしている。

「そういえば過去一番の売れ行きだったらしいですね」

想いに耽《ふけ》っていると、深雪がふいに言った。

「ん？」

源吾が何の話かと首を捻《ひね》ると、深雪は奥に引っ込んで一枚の紙を手に戻って来た。

「ああ、読売《よみうり》か」

「はい。いつもの十倍ほど刷ったとか」

文五郎の読売である。あの日、黄金《こがね》の世代と呼ばれた火消たちが、十八年ぶりに同じ火事場に並び立った。源吾らは四方に散り、競うようにして瞬《また》く間に炎を蹴散らした。その圧倒的な火消ぶりに、野次馬《やじうま》たちは大歓声を送り続けたのである。

文五郎は顔を真っ赤にして歓喜していたが、読売の文面を見れば、書いている最中も興奮が冷めていなかったことが伝わる。そして読売には重要なことが書かれていた。

――炎聖再来。

すでに死んだはずの甚兵衛が姿を見せたことは、江戸中に知れ渡っていた。己が共にいたということを聞きつけ、文五郎が聞き取りに来た。

――伊神様が救い出したのさ。

と、源吾は語った。二十一年前の尾張藩壊滅事件のことも、十八年前の大学火事のことも口にはしなかった。ただ生き延びていたが大怪我《おおけが》故に引退し、上州で暮らしていたこと。江戸の危機に駆け付けて民を救ったことだけを伝えた。

――火消に戻る。

そう言った甚兵衛には、それが相応《ふさわ》しいと思ったからである。文五郎も裏に何かあるとは察したようだが、

「ただ最後まで一人の火消として全《まっと》うされた……と、いうことでございますな」

と、深くは聞こうとしなかった。こうして黄金の世代の活躍、伊神甚兵衛の再来と死、という大きな見出しが躍《おど》る読売を、江戸中の者たちが買い求め、十日経った今でもその話題で持ち切りだという。

「私もあちこちで声を掛けられます」

深雪は眉を開いて言った。

「こんな騒ぎもいつか収まって、すぐに忘れられる。火消なんてそんなもんさ」

源吾は茶を呑み干すと、伸びをして大きな欠伸《あくび》をした。僻《ひが》んでいる訳ではない。人々の日常の中に埋もれていけばそれでいいのだ。それでも決して忘れない者が幾人かはいるのだから。

「あっ」

「目を覚ましたようですね」

平志郎のぐずる声が聞こえて深雪が向かう。源吾が縁に置かれた読売を何気なく懐《ふところ》に捻《ね》じ込んだ時、深雪が平志郎を抱きかかえて戻って来た。

「起きたか。平志郎」

平志郎の目尻には涙が浮かんでいるが、すでに泣き止んで庭を凝視《ぎょうし》している。どうやら山の如《ごと》く積み上げてある落ち葉に興味を持ったらしい。さらに片手を伸ばして声を発した。

「そうだ」

源吾は平志郎を深雪から受け渡してもらい、落ち葉の山へと近づいた。やはり気になるらしく、平志郎は、

「あー」

と声を上げて、落ち葉の山に目を輝かせていた。

「平志郎、行くぞ」

源吾は悪戯《いたずら》っぽく言うと、平志郎を抱えたまま背から落ち葉の山に飛び込んだ。ふわりとした感触が背に伝わり、木の葉が舞い上がった。平志郎はきゃっと

歓喜の声を上げる。

「せっかく片されたのに」

深雪は呆《あき》れたように言うが、その表情は柔らかく微笑みを浮かべていた。

「まあ、またやるさ」

落ち葉に寝転んだまま源吾は答えた。平志郎は己の胸を這い上がってきて目で訴えかけた。もう一度やれというのだろう。

「よし」

源吾は立ち上がると、今一度落ち葉の山に飛び込んだ。平志郎はまた高い笑い声を上げる。

「焼き芋でもするか?」

微笑ましくこちらを見る深雪に向け、源吾は笑って言った。薩摩の出の知人から芋のお裾分けがあったと話していたのを思い出したのだ。

「いいですね。でも火には気をつけないと」

「俺がいる」

「では心配無用ですね」

「おっ……」

懐に入れた読売が飛び出ており、平志郎が引っ張り出したのだ。平志郎は読売を見て首を捻ると、己の顔に押し付けて悪戯っぽく笑った。

「おいおい」

「読めと言っているのです」

視界が塞《ふさ》がれている中、くすりと笑う深雪の声が聞こえた。

「解るかよ」

源吾は苦笑すると、平志郎の頭を撫でつつ顔の読売を取り払った。その瞬間、目の前に飛び込んで来たのは大空を悠々《ゆうゆう》と翔ける二羽の鳥である。

「深雪」

「はい」

「ありがとうな」

様々な想いが入り混じり、口から零れ出た。

「ええ」

深雪が丸い返事を返した。

源吾が読売を見て、再び空へと目を移した時にはすでに鳥の姿は無かった。滲《にじ》んだ雲と共に季節が流れていくのを感じながら、源吾は改めてそっと別れを告げて頬を緩めた。

安永三年、幕府に弓引く凶人あり。尾張藩の者の屋敷を立て続けに焼き、遂には御曲輪内の一橋家をも焼かんと窺《うかが》う。

しかし、ここに二十一年前に死んだと思われていた火消現れて大いに奮戦す。その名、伊神甚兵衛なり。かつて炎聖と呼ばれし伝説の火消に候《そうろう》。

伊神甚兵衛、その命を懸けて民を救って斃《たお》れるも、かつて黄金の世代と呼ばれし火消たち、十八年の時を経て一堂に会し、奮起して焔《ほむら》に立ち向かう。火消の意志は斯《か》くして受け継がれ、御府内の安寧《あんねい》が守られていることを改めて想う。

江戸火消天晴也《あっぱれなり》。

――文五郎

あとがき

ご存じの方も多いでしょうが、『羽州《うしゅう》ぼろ鳶組《とびぐみ》』シリーズの第一巻にあたる「火喰鳥《ひくいどり》」は私の作家としてのデビュー作です。その時はシリーズになることも決まっていなかったし、こうして十巻、十二冊を刊行出来るなどとは思いもよりませんでした。デビュー当初の前任の担当編集に、

「全て出し切って下さい」

と言われていたこともあり、江戸三大大火の一つである明和《めいわ》の大火を舞台にしました。その後、シリーズ化が決まった時、

「一番大きなネタをやってしまったのに、今後何をやればいいんや」

と苦笑したものです。だが頭を抱えることはありませんでした。火喰鳥を書き終えた時、すでに松永源吾《まつながげんご》らは生き生きと動いており、展開が次々に思い浮かんだからです。

加えて火喰鳥執筆の中で、あることにも気付いていました。火事の中で火付けの比率が極めて多い。それは現代でも変わりません。つまり火事の種類には限り

はあるかもしれないが、そこに至るまでの人の想いに限りはないのです。これからもまだまだ書けると確信した要因の一つです。

それにしても登場人物の多いシリーズだと自分でも思います。江戸時代を舞台にした、いわゆる時代小説ではもしかしたら最多ではないか。それでも読者はその一人一人を覚えてくれるだけでなく、自分の「推《お》し」を決め、野次馬《やじうま》たちと同じように彼らを応援してくれていると聞き、作家冥利《みょうり》に尽きます。

一方、熱烈な読者が多い本シリーズだからこそ、

――裏切ることは出来ない。

という想いで時に押しつぶされそうになることもあります。

この「襲大鳳《かさねおおおとり》」は羽州ぼろ鳶組シリーズ前半戦の山場、ドラマでいうところのシーズン1の最終回のつもりでした。故にその想いがさらに強く、原稿用紙三百枚以上を書きながら、消してやり直すというような事態にも陥《おちい》りました。皆様をお待たせしたのは本当に申し訳ありません。しかしその甲斐《かい》もあってか、私としても心から書き切ったと思える作品に仕上がったと思うし、ご期待に添えると今は自信を持って言えます。

よく読者に、ぼろ鳶組はいつまで続くのかと聞かれます。ずっと続けて欲しい

というありがたいお声を頂くこともあります。答えは、

「まだまだ続くが、いつか終わりは来る」

というものです。すでに最終巻の構想は決めています。ただ書き進めていく中で、大音勘九郎《おおとかんくろう》と父、謙八《けんぱち》の最期を描いた「Episode 加賀鳶《かがとび》」のようなものも書いてみたいと思うようになったりもしているので、当初思い描いていたよりは今少し時を要するのだと感じています。

私の原点の物語は確実にこの作品です。作家になるまでの人生の全てをこのシリーズに込めています。この物語は松永源吾の生き直しの物語であると同時に、今村翔吾の生き直しの物語でもあります。この物語にピリオドを打った時、初めて「作家になれた」と思えるような気がしてなりません。

常に今ある最高を皆さんにお届けしていくと約束します。もしよろしければ私と共に、いや松永源吾、ぼろ鳶の面々と共に走り続けて下されば幸いです。

一〇〇字書評

切り取り線

襲大鳳　下

購買動機（新聞、雑誌名を記入するか、あるいは○をつけてください）

□（　　　　　　　　　　　）の広告を見て	
□（　　　　　　　　　　　）の書評を見て	
□ 知人のすすめで	□ タイトルに惹かれて
□ カバーが良かったから	□ 内容が面白そうだから
□ 好きな作家だから	□ 好きな分野の本だから

・最近、最も感銘を受けた作品名をお書き下さい

・あなたのお好きな作家名をお書き下さい

・その他、ご要望がありましたらお書き下さい

住所	〒				
氏名		職業		年齢	
Eメール	※携帯には配信できません	新刊情報等のメール配信を 希望する・しない			

この本の感想を、編集部までお寄せいただけたらありがたく存じます。今後の企画の参考にさせていただきます。Eメールでも結構です。

いただいた「一〇〇字書評」は、新聞・雑誌等に紹介させていただくことがあります。その場合はお礼として特製図書カードを差し上げます。

前ページの原稿用紙に書評をお書きの上、切り取り、左記までお送り下さい。宛先の住所は不要です。

なお、ご記入いただいたお名前、ご住所等は、書評紹介の事前了解、謝礼のお届けのためだけに利用し、そのほかの目的のために利用することはありません。

〒一〇一―八七〇一
祥伝社文庫編集長　清水寿明
電話　〇三（三二六五）二〇八〇

祥伝社ホームページの「ブックレビュー」からも、書き込めます。

www.shodensha.co.jp/bookreview

祥伝社文庫

襲大鳳《かさねおおとり》（下）　羽州《うしゅう》ぼろ鳶組《とびぐみ》

令和 2 年 10 月 20 日　初版第 1 刷発行
令和 6 年 2 月 25 日　　　第 6 刷発行

著　者　今村翔吾《いまむらしょうご》
発行者　辻　浩明
発行所　祥伝社《しょうでんしゃ》
東京都千代田区神田神保町 3-3
〒101-8701
電話　03（3265）2081（販売部）
電話　03（3265）2080（編集部）
電話　03（3265）3622（業務部）
www.shodensha.co.jp

印刷所　堀内印刷
製本所　ナショナル製本
カバーフォーマットデザイン　中原達治

Printed in Japan ©2020, Shogo Imamura　ISBN978-4-396-34623-2 C0193

祥伝社文庫の好評既刊

今村翔吾
火喰鳥《ひくいどり》 羽州《うしゅう》ぼろ鳶《とび》組

かつて江戸随一と呼ばれた武家火消・源吾《げんご》。クセ者揃いの火消集団を率いて、昔の輝きを取り戻せるのか!?

今村翔吾
夜哭烏《よなきがらす》 羽州ぼろ鳶《とび》組②

「これが娘の望む父の姿だ」火消としての矜持を全うしようとする姿に、きっと涙する。最も〝熱い〟時代小説！

今村翔吾
九紋龍《くもんりゅう》 羽州ぼろ鳶《とび》組③

最強の町火消とぼろ鳶組が激突!? 残虐な火付け盗賊を前に、火消は一丸となれるのか。興奮必至の第三弾！

今村翔吾
鬼煙管《おにきせる》 羽州ぼろ鳶《とび》組④

京都を未曾有の大混乱に陥れる火付犯の真の狙いと、それに立ち向かう男たちの熱き姿！

今村翔吾
菩薩花《ぼさつばな》 羽州ぼろ鳶《とび》組⑤

「大物喰いだ」諦めない火消たちの悪あがきが、不審な付け火と人攫いの真相を炙り出す。

今村翔吾
夢胡蝶《ゆめこちょう》 羽州ぼろ鳶《とび》組⑥

業火の中で花魁《おいらん》と交わした約束――。消さない火消の心を動かし、吉原で頻発する火付けに、ぼろ鳶組が挑む！

祥伝社文庫の好評既刊

今村翔吾　**狐《きつね》花火《はなび》**　羽州ぼろ鳶《とび》組⑦

水では消えない火、噴き出す炎、自然発火……悪夢再び！　江戸の火消たちは団結し、全てを奪う火龍に挑む。

今村翔吾　**玉《ぎょく》麒麟《きりん》**　羽州ぼろ鳶《とび》組⑧

真実のため、命のため、鳥越《とりごえ》新之助《しんのすけ》は江戸の全てを敵に回す！　豪商一家惨《ざん》殺《さつ》の下手人《げしゅにん》とされた男の運命は？

今村翔吾　**双風神《ふたつふうじん》**　羽州ぼろ鳶《とび》組⑨

人の力では止められない、最悪の災《わざわ》い火焔旋風〝緋鼬《あかいたち》〟。東と西、武士と町人いがみ合う火消達を一つにできるか？

今村翔吾　**黄金雛《こがねびな》**　羽州ぼろ鳶《とび》組　零

新人火消・松永源吾が怪火に挑む！　十六歳の若者たちの魂が絶叫する。羽州ぼろ鳶組はじまりの第〝零〟巻。

神楽坂　淳　**金四郎の妻ですが**

大身旗本堀田家の一人娘けいが、嫁ぐように命じられた男は、なんと博打好きの遊び人――遠山金四郎だった！

神楽坂　淳　**金四郎の妻ですが2**

借金の請人になった遊び人金四郎。返済の鍵は天ぷらを流行らせること⁉　知恵を絞るけいと金四郎に迫る罠とは。

祥伝社文庫の好評既刊

五十嵐佳子
女房は式神《しきがみ》遣い！　あらやま神社妖異録
町屋で起こる不可思議な事件。立ち向かうは女陰陽師とイケメン神主の新婚夫婦。笑って泣ける人情あやかし譚。

馳月基矢
伏竜《ふくりよう》　蛇杖院《じやじよういん》かけだし診療録
「あきらめるな、治してやる」力強い言葉が、若者の運命を変える。パンデミックと戦う医師達が与える希望とは。

松嶋智左
開署準備室　巡査長・野路明良《のじあきら》
姫野署開署まであと四日。新庁舎で不可解な出来事が次々と起こるなか、失踪した強盗犯が目撃されて……。

垣谷美雨
定年オヤジ改造計画
鈍感すぎる男たち。変わらなきゃ、長い老後に居場所なし！　長寿時代を生き抜くための〝定年小説〟新バイブル！

原田ひ香
ランチ酒
バツイチ、アラサーの犬森祥子。唯一の贅沢は夜勤明けの「ランチ酒」。疲れを癒す人間ドラマ×グルメ小説。

小野寺史宜
ひと
両親を亡くし、大学をやめた二十歳の秋。人生を変えたのは、一個のコロッケだった。二〇一九年本屋大賞第二位！